Goulag

Un roman sur la Seconde Guerre Mondiale

Richard G. Hole

Goulag
Un roman sur la Seconde Guerre Mondiale

1

Richard G. Hole

La Seconde Guerre Mondiale

SYNOPSIS

La plupart des hommes étaient morts et leurs cadavres gisaient tordus, à moitié enfoncés dans la boue.

D'autres gémirent faiblement, grièvement blessés.

Les Russes s'étaient rapprochés du corps à corps et leurs machettes ont déchiré la chair des Allemands.

Un ordre retentit en russe. Un soldat a poussé l'un des prisonniers et ils sont tous partis.

Ils se dirigeaient vers l'inconnu.

Une brume basse et douce les enveloppait...

Goulag est une histoire appartenant à la collection World War II, une série de romans de guerre développés pendant la Seconde Guerre Mondiale.

Goulag

I

Le lieutenant Mayer s'est frotté les mains gantées en regardant le soldat. Ils étaient dans une tranchée, juste dans ces lignes de tranchées, depuis deux semaines. Stationné. La neige avait fondu avec l'arrivée des pluies et le terrible hiver russe semblait loin derrière.

La steppe devant eux changeait de couleur de jour en jour. Avant, il était d'un blanc immaculé. Blanc immaculé. Maintenant, il prenait une teinte brunâtre, grisâtre, produite par la lutte que la pluie et la boue avaient commencée contre la neige.

Dans les tranchées tu as éclaboussé dans la boue. Ils vivaient sur une masse glissante et pâteuse, dans laquelle les pieds s'enfonçaient jusqu'aux chevilles.

Le soldat, assis sur une caisse de munitions, fumait placidement. Il sourit en regardant le lieutenant. Puis il leva les yeux vers le ciel. Le soleil était comme une tache rouge, diffuse, imprécise à l'extérieur, transformant le centre en un point rouge.

« Bon après-midi pour mourir, ne pensez-vous pas, lieutenant ? Le soldat marmonna.

« Il ne fait jamais beau pour mourir... D'ailleurs, il est difficile de mourir avec la tranquillité d'aujourd'hui.

"Pourquoi pas ?... Je ne veux pas penser que tu fais partie de ces délirants qui croient que les Russes ont atteint la limite de leur force et c'est pourquoi ils ne nous attaquent pas. Quand nous avions Moscou à quelques kilomètres à l'écart, c'est à ce moment-là que nous avons dû faire le dernier coup.Maintenant, il est trop tard et nous espérons seulement que ce sont eux qui décident de lancer l'attaque... Vous ne pensez pas ?

Mayer n'a pas répondu. Il regarda le soleil. C'était une belle vue. Le soldat continua :

« Nous avons terminé et cela se voit par le fait que nous n'avons pas avancé d'un pas. Enfermés dans ce monde de tranchées, la boue jusqu'au nez, ne faisant qu'attendre qu'Ivan décide de nous attaquer... Qu'est-ce que cela veut dire ?

Mayer n'a pas répondu. Il connaissait la réponse. C'était court, juste deux mots : "la fin". Il préféra se retenir et éviter la réponse. Il tapota l'épaule du soldat d'un geste familier en marmonnant :

« Tout sera réparé.

Puis il continua son chemin, vers le prochain nid de mitrailleuses. Il regarda à nouveau le soleil. C'était beau. Une belle journée pour mourir. Pourquoi les Russes n'attaquaient-ils pas ? Tout ce que le soldat avait dit était vrai. Ils attendirent sans se décider à avancer. Le front s'effondrait. Aucun renfort n'est arrivé, il n'y avait pratiquement pas de nourriture, les munitions n'étaient pas aussi abondantes que d'habitude, les vêtements étaient insuffisants et ils ont été détruits...

Gelaute, l'un des serviteurs de la mitrailleuse suivante, fit le geste de se lever, mais le lieutenant l'arrêta de la main.

« Asseyez-vous, asseyez-vous... » murmura-t-il. Et il a ajouté, essayant de donner à ses propos un air d'optimisme qui sonnait faux " : On vit en paix, hein, les amis ? Mais quand on attaquera ce sera fini.

« Si nous attaquons », murmura Duckstein, qui était accroupi, le dos contre le mur de la tranchée.

« Nous attaquerons, bien sûr, au moment où notre Hitler l'indiquera.

« Hitler, Hitler... Je n'aurais jamais cru que ce nom me ferait rire. Et dans quelques mois, tant pis... Et plus tard, j'en suis sûr, je détesterai la foutue heure où nos gens ont cru en lui.

Mayer a considéré l'opportunité de s'imposer à ses subordonnés, de les aligner et de les menacer du peloton d'exécution. Mais il réalisa à quel point c'était absurde de le faire alors qu'il pensait la même chose dans son cœur.

« Nous gagnerons la guerre, Duckstein. Soyez assuré.

« Les alliés bombardent nos villes. Hier, j'ai reçu une lettre de Marta. Il me dit qu'il a passé trois jours dans les refuges... Ils n'ont pas de nourriture... C'est fini.

« C'est peut-être pour le mieux. Tu reverras ta femme" a dit Mayer

« Êtes-vous marié, lieutenant ? demanda Gelaute.

"Pas.

"Avez-vous un partenaire ?

« Rien de grave... Pourquoi ?

Gelaute haussa les épaules.

"Juste curieux," murmura-t-il. Personne ne m'attend non plus en Allemagne.

« J'ai des parents... assez âgés, ils vivent dans une ferme près du Neckar.

« Mes parents sont morts... Eh bien, ma mère est morte quand j'avais cinq ans. Mon père peut-être vivant, peut-être pas », a expliqué Gelaute. Puis il plissa les yeux et leva les yeux vers le ciel. " Joli, non ? murmura-t-il. Et il ajouta " : Pâle et sanglant... Belle journée pour mourir.

Un frisson parcourut le corps de Mayer. Il ne voulait plus rien entendre.

« Bonne chance » leur souhaita-t-il. Et faisant demi-tour, il rebroussa chemin, retournant au poste de commandement, qui était en fait un hangar placé sur un prolongement de la tranchée.

Il poussa la porte, entra, salua un homme assis dans un vieux fauteuil, un livre à la main, et alla s'asseoir sur l'un des lits branlants. Un poêle brûlait au centre de cet abri de fortune.

« Rien de nouveau, Mayer ? demanda l'homme.

« Non, mon capitaine.

« Et eux ?... Je veux dire les soldats.

"Comme toujours. Agité, nerveux, surpris par l'immobilité maintenant que le beau temps arrive. Certains comprennent la vérité, mais d'autres ne pensent qu'à leurs femmes, leurs familles, leurs maisons...

Comme tout le monde. Comme vous et moi. Vous pensez "vous avez fermé le livre et l'avez posé sur une table" de vos parents, dans votre petite maison à côté de Neckar... Oui, oui, et on ne peut pas vous reprocher de penser ainsi. Je me souviens de mon appartement à Berlin, de ma femme, de mes bonnes vieilles années, dans les bureaux du ministère de la Guerre. Vous ai-je déjà dit que j'étais marié depuis quatorze ans ?

"Non, mon capitaine. Mais je l'ai supposé.

"Ce que vous n'avez peut-être pas supposé, c'est que ma femme a perdu un enfant en accouchant. Les médecins ont dit qu'elle ne pourrait plus jamais concevoir, mais... mais elle est de nouveau en forme et tout va bien. J'étais en congé pendant trois mois et...

Mayer s'approcha de lui en souriant.

« Mes plus sincères félicitations, mon capitaine. Quand avez-vous su?

"Il y a une semaine. Êtes-vous surpris ?... Oui, bien sûr, vous êtes surpris par mon silence, ma tristesse. Mais tout a une explication... Je ne reverrai jamais mon fils.

Le capitaine se leva et se dirigea vers la cape qui pendait à un cintre de fortune constitué d'un pied de selle enfoncé dans le mur de la tranchée. Il fouilla ses poches jusqu'à ce qu'il trouve sa vieille pipe. Il le chargea de tabac, l'alluma et se dirigea vers la porte. Il l'ouvrit avec son pied et regarda dehors. La lumière rougeâtre du soleil l'illumina, le tachant étrangement de sang.

"C'est fini... C'est fini" marmonna-t-il, comme s'il se parlait à lui-même. Peut-être aujourd'hui, peut-être demain. Peut-être dans une semaine, mais ça se termine quand Ivan veut. Une poussée un peu fort et ce sera la fin.

« Le retrait est-il possible ?

« Il y a un ordre de rester au sol. Hitler l'a demandé ainsi "répondit le capitaine". C'est comme s'il nous avait demandé de nous suicider... Oui, c'est la guerre : un suicide collectif. Certains d'entre nous tombent sur le champ de bataille, sur le terrain qu'ils qualifient d'honneur et qui n'est rien de plus qu'une imbécillité. D'autres meurent à l'arrière. Ils meurent de douleur, comme ma femme mourra quand elle saura que mes jours se sont terminés devant Etchenko. Comme vos parents peuvent mourir quand ils rencontrent votre mort, Lieutenant... Vos parents sont vieux, n'est-ce pas ?

Mayer hocha la tête. Il n'avait pas la force de parler. En fait, je ne voulais qu'une chose : que tout soit fini au plus vite.

S'il doit mourir, que la mort ne retarde pas sa présence.

Il passa le dos de sa main sur son œil droit, comme si ça lui faisait mal. Mais en réalité, il voulait essuyer une larme qui avait commencé son chemin humide.

* * *

Cette même nuit, les Russes ont commencé l'attaque. Les divisions moscovites se lancent contre le front allemand dans un assaut presque suicidaire.

Un cri déchira le silence de la nuit. Comme un écho, les sentinelles tirèrent leurs armes sur les ombres confuses qui les dominaient. Un frisson de terreur parcourut le zigzag des tranchées, réveillant les hommes et les mettant sur le sentier de la guerre. Dans le secteur d'Etchenko, le lieutenant Mayer sauta du lit où il somnolait à moitié habillé et, mettant sa cape sur ses épaules, sortit du poste de commandement.

Il a compris que la fin approchait. Les éclairs crépitèrent dans la nuit, l'éclairant brièvement de leurs langues de feu. Les hommes, accrochés aux parois boueuses des tranchées, perçaient l'obscurité de leurs coups de feu.

Devant eux, un cri constant naissait dans des centaines et des milliers de gorges. C'étaient les soldats soviétiques qui lançaient l'assaut.

Les rafales les ont emportés. Les cris de joie féroce se sont transformés en gémissements déchirants, signes de mort. Mais l'assaut, les avalanches ont continué.

Parfois, ils réussissaient à s'approcher très près des tranchées. Les mitrailleuses crépitaient avec la même intensité que jamais. Et pourtant, il y a eu le phénomène que, emporté par une avalanche de Russes, le vide s'est creusé derrière eux.

Mayer a traversé la tranchée. L'un des soldats, le reconnaissant, rugit :

« Lieutenant !... Pourquoi notre artillerie ne tire-t-elle pas ?

Mayer n'a pas pu répondre.

"Où est notre aviation ? Demanda, en criant, un autre.

« Tirez !!... Tirez !!... Le Führer a ordonné de résister de quelque manière que ce soit ! Mayer a répondu. Et aussitôt il eut honte car il comprit l'absurdité de leurs cris.

Il s'appuya contre la mitrailleuse. Le fracas était assourdissant. Le serveur du morceau, qui passait la cassette, lui dit en criant de s'imposer au bruit de l'arme :

« Comment allons-nous, lieutenant ?

Mayer le regarda. C'était Gelaute, l'homme tranquille. Il s'assura que la mitrailleuse ne manquait pas de munitions avec la même tranquillité reflétée sur son visage que lorsqu'il contemplait la nourriture qu'ils servaient en tant que quartier-maître.

"Très bien !! Nous résisterons !!

— Oui ? Et quand arriverons-nous à Moscou, lieutenant ? répondit Gelaute.

Mayer s'est rendu compte qu'eux aussi étaient convaincus que cela allait s'arrêter là.

Il regarda hors des tranchées. Les cris des Russes continuaient de se faire entendre. Il a vu les flashs des automatiques soviétiques. Soudain, une fusée a commencé à descendre, illuminant la steppe de sa lumière métallique. Des centaines, des milliers d'hommes se découpaient dans l'obscurité. Ils ont couru, les armes à la main, en tirant.

Les Allemands rectifièrent les positions de tir, appuyèrent sur les détentes et les ceintures de projectiles entrèrent pleines dans les chambres pour repartir aussitôt vides du côté opposé. Beaucoup de ces langues enflammées ont été perdues dans la nuit infinie. Mais beaucoup ont également coulé dans les assaillants, les faisant s'effondrer avec des cris de douleur.

Mayer a vu les soldats autour de lui tomber. Les tranchées étaient remplies de lamentations, de cris suppliant les infirmières, appelant les mères... Les fusées éclairantes, avec leurs lumières métalliques, illuminaient le sang en lui donnant une couleur étrange, surprenante, désagréable.

Alors que Mayer se dirigeait vers le poste de commandement, un soldat, touché par un projectile, lui tombe dessus. Il l'a rattrapé à temps pour l'empêcher de s'écraser au sol. Pendant une seconde, il put voir le visage du soldat. Et il ne put contenir un cri d'horreur. Le projectile russe avait percé le front de l'Allemand et la violence de l'impact fit sortir les yeux de leurs orbites. Mayer écarta les bras, laissant tomber le cadavre. Il avait envie de vomir. Des envies imparables. Il s'appuya contre la tranchée.

« Reculez ! Quelqu'un lui a crié dessus. Il a obéi de façon machinale. Deux hommes transportaient un troisième, blessé, à l'infirmerie de fortune.

Mayer, enjambant les morts, atteignit le poste de commandement.

Le capitaine a été retrouvé collé à la radio, essayant de communiquer. Apercevant Mayer, il le regarda quelques secondes et finit par marmonner :

« Ils ne répondent pas... Comme si nous étions seuls au monde.

« Les Russes pressent... Le mieux serait peut-être de revenir en arrière, d'essayer de former un nouveau front.

« Il faut résister. Le Führer... « il n'a pas continué la phrase. Il était gêné.

« Comment vont-ils ? » demanda soudain le capitaine, faisant référence aux soldats.

"Fatigué, affamé, marre de tout ça...

"Je vais les voir.

Il mit sa cape et quitta le poste de commandement. Mayer se dirigea vers la table où ils avaient les cartes des opérations et pendant quelques secondes il les fixa.

L'artillerie était derrière eux et pourtant ils n'ont pas tiré. Tout était incompréhensible.

Il s'allongea sur le lit. Épuisé, comme ivre. Il éprouvait une grande envie de dormir, de tout oublier, de foutre le camp...

Le militaire qui s'occupait de l'appareil de transmission a tenté d'établir le contact avec l'arrière, avec le Haut Commandement, mais n'a pas pu le faire. Dehors, le vacarme du combat continuait. Mayer a rappelé qu'à l'Académie militaire, il avait étudié que sur mille balles, une seule était efficace. Et le bruit des combats en révéla non pas mille, mais des dizaines de milliers, des centaines de milliers...

Les heures passaient lentement. Il quitta le poste de commandement, parcourut les tranchées de son secteur à la recherche du capitaine ; ne l'a pas trouvé. Il a demandé et n'a reçu aucune réponse. Les armes étaient brûlantes. Ils grésillaient en touchant la boue humide, presque liquide, à l'intérieur des tranchées.

Douze heures. Le clou. Un nouveau jour. Peut-être qu'ils ne verraient pas le soleil. Tous les deux. Les trois. Les quatre. Il a continué à résister. Cela semblait incroyable, mais c'était comme ça. Cinq heures. L'horizon commençait à s'éclaircir. Une lumière diffuse, qui rendait les fusées éclairantes inutiles. De moins en moins d'hommes se battaient. Le nombre de blessés augmenta. Celui avec les morts. Ils ne communiquaient toujours pas avec le Haut Commandement.

A six heures, le capitaine mourut. Un groupe de Russes a réussi à se rendre au corps à corps. Une machette le transperça, le plaquant contre le mur humide de la tranchée.

Mayer prend le commandement de la compagnie.

« Nous devons communiquer avec le haut commandement... Nous devons nous retirer. On ne peut pas, on ne peut pas... », marmonna-t-il.

Mais l'émetteur était toujours muet. L'attaque se poursuit, à l'extérieur, dans les tranchées. La lumière diffuse de l'aube éclairait parfaitement les contours. Les tranchées étaient devenues une clôture imprenable. Devant eux, les Russes formaient de véritables collines de cadavres. Les munitions s'épuisaient.

Les Allemands étaient morts par dizaines. Les mitrailleuses, maintenant il y avait plein de mitrailleuses, changées toutes les dix minutes, les laissant refroidir. Ils luttaient contre le désespoir produit par la certitude de savoir qu'ils allaient mourir. Ils voulaient retarder la fin. Retarder la mort.

Certains blessés criaient leur douleur.

Quelqu'un dans un coin criait une seule phrase :

« Il faut battre en retraite !... Il faut battre en retraite !... Il faut battre en retraite !... » La voix de l'homme était grave, déchirante.

Mayer a touché l'émetteur.

« Communiquez le foutu temps ! Il rugit. Mais l'appareil a tenu à ne pas répondre. Le responsable de l'appareil retransmettait l'un et l'autre pour voir les phrases clés.

« On ne peut pas résister. Nous attendons un ordre de retrait. Nous ne pouvons pas résister. Nous attendons un ordre de retrait. On ne résiste pas...

Les armes craquaient toujours. Les cris des Russes continuaient à se faire entendre, les lamentations des blessés continuaient à se faire entendre. Il a continué à se battre et à mourir. Tous ces cris tournaient dans la tête de Mayer. La responsabilité de la vie de dizaines d'hommes dépendait de sa décision.

"Je ne peux pas le commander..." haleta-t-il. L'ordre du Führer était de rester à cet endroit jusqu'à la mort.

Le soldat devenu fou n'arrêtait pas de crier sa phrase.

« Nous devons nous retirer... ! Nous devons nous retirer...!

Les armes continuaient leur rat-ta-ta-ta-ta-rat. Le sang s'est mélangé à la boue, créant une masse rougeâtre. Peu à peu, les Allemands tombent. Un par un. Mais ils sont tombés. Et le Haut Commandement sans donner d'ordres. L'appareil muet. Mayer pensait qu'il devenait fou.

Sept heures du matinñAna. Un nouveau djeà. Nuageux. Le ciel grisàPDG, comme triste de ce qui s'est passéjesous son visage rond. Les hommes qui aimentjeest encoreou alorsrapidement.

Et enfin, le soldat qui se tenait avec les écouteurs, près du récepteur, se leva d'un bond.

"Maintenant !!... Lieutenant !!

Mayer courut à ses côtés. Il pouvait entendre ce qu'ils disaient.

"Attention attention. L'état-major ordonne le retrait du front. Chaque secteur doit essayer de reculer avec le moins de blessés possible sur environ cinq kilomètres... Attention, attention...

Le lieutenant Mayer soupira profondément. La commande était arrivée ; tard, oui, mais il était arrivé.

C'est alors qu'il réalisa qu'il avait entendu un soupir. Avec une clarté parfaite, presque incroyable, mais logique, parce que... parce qu'à l'extérieur, dans les tranchées, le silence régnait. Le craquement des projectiles ou les cris des assaillants ne se faisaient plus entendre.

Un silence surprenant après toute une nuit de combats.

Le lieutenant Mayer se dirigea vers la porte du poste de commandement. Il poussa la porte avec son pied, pour sortir.

Deux hommes, armes à la main, l'ont pointé du doigt. C'étaient des hommes au visage mongol, vêtus des combinaisons matelassées des troupes russes.

Tout était fini. La commande est arrivée trop tard. Ils ne pouvaient plus se retirer.

L'un des deux lui dit quelque chose qu'il ne comprit pas, mais qu'il devina.

Lentement, il leva les mains au-dessus de sa tête. La guerre, pour le lieutenant Mayer, était finie. Il était prisonnier.

Maintenant commença ce qui allait être son épopée.

II

Les mains levées, il s'avança dans la tranchée. La plupart des hommes étaient morts et leurs cadavres gisaient tordus, à moitié enfoncés dans la boue. D'autres gémirent faiblement, grièvement blessés. Les Russes s'étaient rapprochés du corps à corps et leurs machettes ont déchiré la chair des Allemands.

Il a également trouvé des cadavres russes. Mayer en a vu un dont la tête a été fracassée par la crosse d'un fusil.

Ils l'ont mis à la dernière place d'une file de prisonniers. Les survivants du secteur Etchenko. Quatorze hommes en tout, dont trois blessés.

Un ordre retentit en russe. Un soldat a poussé l'un des prisonniers et ils sont tous partis. Ils se dirigeaient vers l'inconnu. Une brume basse et douce les enveloppait. L'idée de tenter une évasion a traversé la tête de Mayer, mais il s'est rendu compte que c'était absurde.

Un silence presque impénétrable les entourait. Le combat était terminé. La façade était cassée. Mayer a supposé que les Russes se faufileraient dans ce secteur, lançant l'offensive.

Ils contournèrent une colline et arrivèrent dans une zone qui semblait plate. Le brouillard était assez épais, l'empêchant de voir au-delà de vingt ou trente mètres. Des volutes de brume flottaient, berçaient doucement, les enveloppaient. Le sol était un bourbier. Il avait froid et se frotta vigoureusement les mains. Il avait laissé la cape au poste de commandement. Les Russes qui les gardaient se sont éloignés de quelques mètres pour remplir leurs marmites de terrain dans des marmites à côté d'une cuisinière portative. Puis ils revinrent lentement en buvant quelque chose de chaud.

Mayer regarda autour de lui. Il connaissait ces hommes. Gelaute et Duckstein étaient là. Il ressentit une étrange joie. Il y avait longtemps à venir, beaucoup de choses allaient arriver. Les camps de concentration, la fin de la guerre...

« Attention, Allemands !! Alignez-vous un par un !! La voix, avec un accent allemand rare, interrompit ses pensées. Tous, d'une manière mécanique, obéirent.

"D'accord !! La voix a commandé.

Ils obéirent à nouveau. Ils se figèrent, côte à côte. La brume n'arrêtait pas de s'y glisser, parfois elle disparaissait dans la masse blanche...

Le souffle, quand vous respiriez, devenait un nuage de vapeur. C'était froid. Tout était désagréable, même le silence, après toute une nuit de combat. Mayer pensait que si l'ordre de retrait était venu plus tôt, maintenant le front continuerait à résister et ils ne seraient pas là.

La brise soufflait plus fort, entraînant la brume. Alors ils pouvaient voir devant eux un groupe de soldats. Un ordre a été entendu et ces Russes ont abandonné leurs postures confortables, obéissant.

Un frisson parcourut le corps des prisonniers.

"Non... non..." haleta l'un d'eux. Les autres étaient sans voix, leurs cordes vocales paralysées de peur.

À moins de cinquante mètres, une mitrailleuse a été installée.

Un Russe, assis sur une caisse de munitions, avait la crosse de l'arme appuyée sur son épaule. La mitrailleuse était sur un trépied, ce qui lui donnait une grande mobilité. A droite de l'arme, un soldat avait la ceinture pleine de projectiles. Sur la gauche, un autre Russe était prêt à ramasser la même bande lorsqu'elle est sortie vide.

Mayer inspira profondément. Gelaute remua le menton et les lèvres comme si elle avait un tic nerveux. Duckstein sentit une larme lui monter aux yeux. Tout allait être terminé en une minute. La fin approchait ; ils allaient être mitraillés.

L'un des prisonniers n'a pu résister à la tension et s'est roulé sur le sol. Il y eut un rire, né au loin, parmi un groupe de Soviétiques qui vidaient leurs marmites.

Un ordre retentit. Ils ne l'ont pas compris. Mais ils ont supposé que le prochain ordre allait signifier sa mort.

Les secondes passèrent ; lent, si lent qu'il m'a semblé des heures. Il faisait froid, la température était désagréable, mais tous ces hommes sentaient que la sueur perlait sur leur front, imbibait leurs vêtements, collait leurs grosses chemises militaires à leur corps.

Mayer serra les poings fermement, enfonçant ses ongles dans la chair, Gelaute répétant machinalement son mouvement convulsif du menton.

Une nouvelle commande, Seca ; court, concis. Et puis la mitrailleuse a chanté son hymne à la mort. Les projectiles perçaient l'air, le traversaient fugitivement, sifflant porteurs de mort.

Les Allemands fermaient les yeux, se mordaient les lèvres, penchaient la tête en avant.

L'un est tombé lourdement en premier. Puis un autre s'est effondré ; comme frappé par la foudre.

Mayer sentit ses genoux trembler. Il dut faire un effort pour ne pas tomber lorsqu'il entendit le rat-rat du pistolet. Il voulait rester debout, même si son corps était un entrepôt de projectiles. Il voulait montrer aux Russes que vaincre un Allemand était plus difficile qu'ils ne le pensaient.

Le sifflement des projectiles était horrible. Il passa au-dessus de leurs têtes et se perdit dans le vide.

Mayer attrapa le rythme de sa respiration. Gelaute bougea à nouveau le menton. Duckstein fut surpris de se retrouver toujours debout. Il avait même la sensation que du sang coulait sur son corps, que quelque chose de métallique lui brûlait les entrailles.

Le rire a éclaté. L'écho semblait le multiplier, mais ce n'était pas l'écho, mais des dizaines de gorges. Les Russes ont ri, comme si tout les avait beaucoup amusés.

Les Allemands, les yeux écarquillés, regardèrent autour d'eux. La mitrailleuse fumait. Le Russe qui tenait le ruban riait aussi.

C'était une scène déchirante et désagréable. Les prisonniers respiraient profondément, les lèvres entrouvertes, comme épuisés par la tension.

« Ha ha ha !... Ha ha ha !... Qu'en as-tu pensé ?... Ha ha ha ha ! C'était la voix de l'officier qui parlait allemand avec un accent étrange. Il s'approcha d'eux et les regarda un par un. Il éclata de rire en voyant le pantalon mouillé d'un prisonnier. Puis il s'écarta de quelques pas et rit à nouveau.

Tout semblait l'avoir amusé extraordinairement.

« Qu'en avez-vous pensé ? », leur demanda-t-on. Et il a poursuivi : « Le gouvernement de l'Union socialiste soviétique de Russie a une conception plus élevée de la vraie valeur des hommes et estime que leur vie doit être respectée... Je suis sûr que la propagande allemande vous aura dit que nous sommes des assassins, mais c'est un ensemble de mensonges, de mensonges truqués par Goebbels et Hitler... Allemands, la réhabilitation pour le travail vous attend. Vous serez accueillis dans un camp de travail, où chacun d'entre vous trouvera un travail décent jusqu'à la fin de la guerre.. Vous serez bien traité, mais le même comportement vous sera demandé. Sinon, n'oubliez pas, vous serez fusillé. Depuis hier la mort vous hante, vous avez réussi à vous sauver.

Les Allemands étaient stupéfaits. Qu'est-ce que tout cela signifiait? Un simulacre de tir suivi d'un court discours vous souhaitant un agréable séjour dans les camps de concentration. Ce que ce responsable du service de propagande avait dit n'était rien de plus que d'annoncer qu'ils allaient être internés dans un camp de concentration.

Trois mots fatidiques, Camp de concentration. Ils signifiaient la douleur, la mort, la souffrance...

Jusqu'à la fin de la guerre, jusqu'à ce que la fin vienne...

"Bien,.!! Allez-y...!! Marchez !!

Ils ont obéi. Au départ de la marche, donnant le ton, ils ont laissé les deux dans la boue qui n'ont pu résister à la peur. L'un d'eux était décédé.

Son cœur explosa, incapable de supporter froidement la mort, face à face. L'autre n'était qu'un pauvre fou.

Au fur et à mesure qu'ils avançaient, le front était derrière eux et ils s'approchèrent du camp de concentration. Qu'est-ce qui les attendait là-bas ? se sont-ils demandé. Une seule réponse était possible : la souffrance.

****

Ils arrivèrent à une route de campagne, où un groupe assez important de prisonniers allemands les attendait. Dans l'ensemble, ils avaient l'air pitoyable. Des vêtements déchiquetés, des chaussures cassées, sales de boue, avec une barbe de plusieurs jours, des joues flasques, avec le rêve reflété dans les pupilles...

Après quelques minutes de repos, ils ont recommencé à marcher. Ils avançaient de part et d'autre de la route, l'un après l'autre, enfonçant leurs pieds dans les vasières. Au fur et à mesure qu'ils s'éloignaient du front, ils augmentaient en nombre. Ils ont été rejoints par d'autres groupes de prisonniers.

Tout s'était effondré. Les lignes allemandes n'ont pas réussi à résister au premier assaut russe. Ce fut le début de la grande défaite en Russie. Il serait difficile de les repousser, mais ils réussiraient.

A midi, ils s'arrêtèrent dans un village complètement détruit. Les isbas ont montré leurs murs brûlés, effondrés. Les épaisses poutres en bois étaient des restes calcinés. À cet endroit, des cuisines de campagne ont été installées et une soupe de pommes de terre avec des morceaux de viande de cheval a été servie.

Ils ont été autorisés à se reposer pendant une demi-heure.

De nouveaux groupes de prisonniers sont arrivés et la pause a duré jusqu'à deux heures. Les Allemands ont eu le temps d'échanger. La plupart d'entre eux ont été soumis à la mitraillette simulée. Ils parlaient d'hommes devenus fous. D'autres qui, dans un accès de rage, se sont précipités contre ceux qui ont servi avec la mitrailleuse, puis ont trouvé la mort...

Pendant la pause, la longue pause, des haut-parleurs installés dans toute la ville diffusent en permanence des nouvelles de guerre et de la musique patriotique russe.

Selon le Service soviétique d'information et de propagande, les troupes allemandes avaient entamé une retraite précipitée, abandonnant les positions qu'elles avaient défendues avec ténacité pendant la nuit.

Mayer, assis par terre, adossé au mur calciné d'une isba, murmura : "Et cela ?

Tout lui était déjà indifférent. Il ne se souciait de rien d'autre que de la fin de la guerre, la fin finale.

Gelaute, à côté de lui, jouait avec un morceau de bois brûlé.

« Lieutenant, que va-t-il se passer maintenant ? demanda-t-il.

« Je ne suis plus lieutenant, Gelaute... Je ne sais rien de ce qui va se passer. Je ne pense pas qu'un avenir très brillant nous attend, mais...

Gelaute secoua convulsivement le menton. Il n'abandonnerait jamais ce geste nerveux. Ce serait la mémoire externe de la simulation de tir.

Les haut-parleurs ont cessé de jouer de la musique et une voix, dans un allemand parfait, forte et agréable, a pris sa place.

amis allemands; Permettez-moi de vous saluer au nom de tous les camarades qui avant vous ont eu la chance d'être faits prisonniers et qui travaillent actuellement dans les champs soviétiques, bénéficiant d'un sol, d'un emploi du temps rationnel, d'une bonne et saine alimentation. et un traitement déférent et exquis... En trois heures, vous monterez à bord d'un train à bestiaux. Permettez-moi de présenter les excuses du gouvernement soviétique pour l'utilisation d'un tel train, mais nous n'en avons pas d'autre disponible à l'heure actuelle. Demain, à l'aube, vous arriverez à destination. Vous serez traité avec la plus grande considération et en retour il ne vous sera demandé qu'une seule faveur :

un dévouement total à votre travail... Dans tous les domaines de travail, vous trouverez des compatriotes qui, comme moi, ont compris à temps qu'Hitler dirigeait notre les gens au suicide collectif et nous sommes venus le combattre... Bon retour.

La voix s'arrêta et les mesures de l'hymne soviétique commencèrent. Tous les prisonniers devaient se lever.

Ils n'avaient plus le droit de s'asseoir. Ils se sont reformés et ont recommencé à marcher.

Quelques heures plus tard, ils étaient enfermés dans des wagons de transport de bétail et roulés vers le sud de la Russie, avec une destination inconnue. Chaque voiture contenait environ deux cents hommes. Debout, incapable de s'allonger sur le sol pour se reposer. C'était la première fois que Mayer réussissait à dormir debout. Il l'a fait pendant quelques minutes, accablé d'épuisement.

A quatre heures du matin, nuit noire, ils arrivèrent à un endroit situé dans le champ, à l'écart de tout type de construction. Ils les ont fait descendre et se reformer.

Il y avait environ un millier d'hommes.

A pied, ils ont commencé la marche. Ils se rendirent vite compte qu'ils gravissaient une montagne. Le soi-disant "camp de travail" était dans les hauteurs.

C'était l'aube quand ils arrivèrent.

Les barbelés se multipliaient à l'infini. Les tours de contrôle ont été répétées fréquemment. Ils ont vu des gardiens avec des paires de chiens. Des projecteurs qui parcouraient les espaces de terre entre les obstacles.

Les prisonniers avançaient sur une route assez large pour que les camions puissent passer. Les barbelés et les clôtures se sont refermés au bord de la route. C'était la seule étape dans le camp de travail.

Une barrière a été levée.

Lorsque Mayer passa sous elle, elle réalisa qu'il était prisonnier de guerre. Il n'y avait plus aucune chance de s'échapper.

Il n'y avait que de la place, comme seule libération, la mort.

III

Les choses étaient très différentes de ce qui a été déclaré par le service allemand d'information et de propagande,

Ils ont été répartis dans les casernes et ils ont été autorisés à s'allonger sur leurs lits superposés pendant qu'ils faisaient les listes.

Mayer, Gelaute et Duckstein occupaient ensemble trois lits superposés, l'un au-dessus de l'autre. Cela rapprocherait les trois hommes. A la campagne, il y avait un esprit de caserne ; les prisonniers se sentaient un peu inconscients de ce qui se passait dans les autres casernes. Ils ne s'intéressaient qu'à ce qui se passait chez eux. Et, au-dessus de l'esprit de la caserne, il y avait une union intime des hommes qui vivaient constamment ensemble dans les mêmes lits superposés.

La caserne était grande, rectangulaire. Chacun d'eux détenait trois cents prisonniers. Il y avait plus de quinze casernes dans le camp de Boringezov.

Le véritable accueil a été donné par Ygenev, le chef de la caserne. C'était un paysan russe, large d'épaules, sujet à l'obésité. Ses mains courtes aux doigts trapus ressemblaient à des sacs de graisse. Son visage était ovale. Ses petits yeux bougeaient sans relâche, regardant autour d'elle. Il portait toujours à la main, attaché à son poignet par une lanière, un long et fin fouet en cuir, qui contenait une tige d'acier à l'intérieur. Parfois, il coupait l'air avec, produisant un sifflement déconcertant.

Ygenev parlait parfaitement allemand.

Lorsqu'il entra dans la caserne, l'un des soldats russes qui dirigeait le décompte et l'affiliation des prisonniers donna l'ordre.

"Debout...!! Rapide !!

Ils ont tous obéi. Ils se tenaient près des lits superposés dans le couloir entre eux. Ygenev traversa le groupe d'Allemands et se dirigea vers l'autre extrémité de la caserne. De là, il les regarda lentement, un par un. Le silence absolu dura quelques minutes. Les Russes, eux aussi, tenaient bon. Enfin, Ygenev fit entendre sa voix.

"Ecoutez-moi tous" il s'arrêta quelques secondes. C'était sa voix froide, métallique, presque indifférente ». Je veux que tu saches une chose : un cochon est bien plus important que toi. Un cochon peut être mangé et vous ne pouvez pas... Nous traitons les cochons avec des coups de pied. Nous vous traiterons plus mal dès le moindre manque de discipline. N'oubliez pas ce que je vais vous dire : vous n'avez droit à rien ; vous êtes prisonniers de guerre ; Si je veux, je peux te tuer. Personne ne me demandera d'explications... Et je le ferai dès que je le jugerai utile.

Ces mots, prononcés froidement, sonnaient comme des poings. Ce n'étaient pas des menaces d'un homme indigné. Ce n'étaient pas des phrases nées dans l'explosion momentanée. C'étaient des menaces conscientes, proférées par un homme qui était sûr de ce qu'il disait.

Ygenev traversa les prisonniers et se dirigea vers la porte. Avant de quitter la caserne, il se retourna et fit à nouveau face aux Allemands.

« Souvenez-vous-en toujours pendant que vous êtes dans cette caserne : vous n'êtes pas des hommes ; vous êtes des bêtes.

Puis ça a disparu. Les Russes ordonnèrent le repos et continuèrent les opérations administratives. Chaque prisonnier a été constitué d'un dossier, où ses caractéristiques externes ont été décrites et ses empreintes digitales ont été prises.

Il a fini de faire les cartes en milieu de matinée.

On leur a ordonné de se déshabiller puis, en file, ils ont été emmenés aux douches, installées dans une autre caserne.

Alors qu'on les y conduisait, les prisonniers reçurent leur première surprise : il y avait des femmes dans le camp. Ils les ont vus traîner des brouettes, transporter des fourrures.

Les douches étaient constituées de longs tuyaux qui traversaient la caserne, perforés, d'où sortait de l'eau froide, presque glacée. Ils ont été obligés de se mettre sous eux et de frotter le dos du partenaire devant eux, tandis que celui derrière eux faisait de même.

Les commandes étaient constantes.

"Tais-toi...!! Fais demi-tour...!! Allez, vite !!

Les Russes ont parcouru de longs couloirs suspendus au-dessus des tuyaux d'où ils pouvaient parfaitement surveiller ce qui se passait. Cette torture a duré près de vingt minutes. Les Allemands sentaient leurs muscles se raidir. L'eau froide s'infiltrait en eux, mordant leur peau.

Enfin, l'eau cessa de couler. Ils étaient pratiquement aussi sales qu'à leur entrée. Sur un ordre, ils quittèrent la caserne et sortirent à l'air libre. Ils les firent s'aligner à nouveau, leur ordonnant d'ouvrir les rangs.

Pendant qu'ils séchaient, l'opération de coupe de cheveux a commencé. Les machines, actionnées par les mains de soldats russes inexpérimentés, luttaient contre des masses de cheveux mouillés. Chaque mouvement vers l'avant était une poignée de cheveux arrachés.

Les prisonniers se sentaient épuisés, fatigués, affamés.

Des femmes continuaient à passer devant eux, traînant des brouettes. Ils portaient des pantalons bleus et des vestes de la même couleur, tous faits de vêtements grossiers. Eux aussi avaient perdu leurs cheveux. Leurs têtes chauves les rendaient laids.

Mayer s'étonne que les femmes passent devant elles sans à peine les regarder, comme si elles étaient habituées à ce spectacle de centaines d'hommes nus.

Une fois l'« opération rasée » terminée, ils sont retournés à la caserne. Là, sur les lits, ils ont trouvé des vêtements et des chaussures.

« Rompez les rangs !!... Chut, chut !!

Le silence était une autre torture dans le camp de Boringezov. Un silence constant, presque absolu.

Ils s'habillaient comme ils pouvaient. Pratiquement seuls quelques-uns ont trouvé des vêtements qui leur convenaient.

Transformés en marionnettes, ils ont été emmenés au quartier-maître. Là, on leur donna une assiette en laiton et une cuillère ; savon pour se laver, une petite barre et l'étiquette de nom.

Avec l'assiette, ils ont marché vers l'esplanade centrale du champ, où étaient installées les cuisines de campagne. De gros pots fumaient. Plusieurs soldats russes remuaient le contenu avec des casseroles.

Les rangs des prisonniers ont commencé à avancer.

Les hommes et les femmes étaient séparés d'environ cinq mètres. Des Russes arpentaient l'espace entre eux, prêts à empêcher les mots de passer entre eux. Ils autorisaient les gestes légers, les sourires, mais cela faisait partie dujfeu soviétique. Les prisonniers n'étaient qu'une autre torture dans le camp. Interdit de leur parler. Interdit de les approcher. Mais l'échange d'un sourire était permis. Ils ont laissé naître un château dans les airs encouragé par le désir, mais ils ont interdit de réaliser le désir, de le transformer en torture.

Mayer remarqua une fille dont la joue portait une cicatrice encore fraîche. J'étais à sa hauteur. Elle le regarda un instant, juste un instant. Ses yeux étaient tristes. Très triste. Les rangs avançaient lentement. Les Russes ont mis un pot de soupe de pommes de terre sur l'assiette et ont distribué 150 grammes d'une pâte qui ressemblait de loin à du pain à chaque prisonnier.

Lorsque Mayer a reçu sa ration, cette fille était avec les chiens, sur le point de recevoir la sienne. Mayer la regarda. Ygenev, le chef de la caserne, suivait la direction des yeux de l'Allemand et lorsqu'il regardait le prisonnier, il souriait.

Les Allemands regagnent leurs casernes. Ils ont eu droit à une demi-heure pour manger et discuter. Les vétérans du domaine leur montrèrent l'astuce pour allonger le repas : il consistait à ajouter un peu d'eau à la soupe chaude puis à casser le pain dans le liquide, formant une masse compacte et brunâtre qui remplit l'estomac.

Dans l'après-midi, les nouveaux prisonniers étaient conduits sur leurs lieux de travail.

Les chaussures étaient faites pour l'armée. Les immenses navires dans lesquels ils travaillaient sentaient ou puaient le cuir. Chaque homme avait sa place dans ce groupe complexe. Il y avait quelques machines. La plupart des travaux étaient manuels. Il était difficile de percer des cuirs épais avec des aiguilles en acier. Puis Mayer a compris pourquoi les femmes étaient dans le transport.

Vous avez été affecté à l'aide à la section couture. Il devait apprendre ce qui allait être son futur travail en un minimum de temps. Son professeur était un professeur de langue berlinois. Un homme de quarante ans épuisé, à la voix rauque, qui semblait avoir quinze ans de plus qu'il ne l'était en réalité.

Au milieu de l'après-midi, une femme s'approcha d'eux avec une brouette pleine de semelles de chaussures. Cette femme presque chauve avait une cicatrice sur la joue. Cicatrice encore fraîche. C'était le même qu'il avait remarqué à midi.

Mayer a fait le geste de l'aider.

"Attention", l'avertit le Berlinois.

Mais Mayer l'ignora et prit la première liasse de semelles.

Un Russe accourut vers lui et le frappa aux mains avec la crosse de son fusil, faisant tomber les semelles. Il a crié quelque chose dans sa langue et l'a poussé, le projetant contre la table de travail du Berlinois.

Deux autres gardes sont arrivés. L'un d'eux parlait un peu allemand.

« Interdit !... Interdit !... Retourne à ton travail ! "pousser un cri.

La fille fixa ses grands et beaux yeux sur Mayer. Pas un mot ne passa entre eux, mais les yeux parlèrent. Elle le remercia du geste et s'excusa pour les coups qu'elle venait de recevoir à cause de lui.

Mayer a souri, a caressé ses poignets endoloris et s'est remis à son travail.

Elle déchargea la brouette et partit. Les Russes continuèrent leur vigilance.

Le Berlinois, comme s'il expliquait quelque chose sur le travail, marmonna :

« Oublie-la, mon garçon... Beaucoup ont été tués par une femme avec qui ils n'avaient échangé que des regards... Ces femmes russes sont dangereuses.

« Les femmes russes ?

« Oui... Des mères, des sœurs, des épouses ou des filles de ceux qui combattent le communisme en Russie, ou qui combattent aux côtés d'Hitler.

— Je comprends, murmura Mayer.

"Les femmes, comme si elles n'existaient pas... Elles ne sont que pour elles, celles qui gouvernent" a-t-il défini.

L'idée que la fille à la cicatrice puisse être possédée par un Russe lui fit frissonner.

***

A dix heures, la journée de travail était terminée. Dix-huit heures par jour.

Le dîner, soupe de pommes de terre et 150 grammes de pain, a été servi dans la caserne.

Jusqu'à onze heures, les lumières restèrent ouvertes et les prisonniers purent parler.

Mayer s'allongea sur son lit de camp. Gelaute s'assit au fond et Duckstein s'accroupit devant eux. Ils n'étaient plus, un lieutenant et deux soldats. C'étaient des prisonniers, juste des prisonniers, avec presque aucun droit de vivre.

Ils voulaient à peine parler. Ils se sentaient épuisés. Ce fut Gelaute qui murmura :

« Quand tout cela finira-t-il ?

Mais il n'a reçu aucune réponse. La fin, s'ils attendaient la fin de la guerre, était loin.

***

Le temps s'est lentement amélioré. Quinze jours après l'arrivée des nouveaux prisonniers à Boringezov, la boue avait durci, séché et le temps s'améliorait visiblement. Il s'est levé plus tôt et la lumière est restée allumée jusqu'à plus tard.

Mayer était toujours affecté à la section de couture de semelles de chaussures. Gelaute pour les gabarits de découpe et Duckstein pour le tannage. Ils travaillaient dans des lieux différents, mais l'amitié s'est accrue entre eux trois, au point de devenir inséparables. Ils se rencontraient tous les midis et soirs.

De plus, tous les midis, Mayer voyait la fille avec la cicatrice sur la joue. Des cheveux commençaient à couvrir la tête de la prisonnière, la rendant plus agréable. Elle lui souriait, et Mayer voulait lui parler, lui dire qu'il s'appelait Mayer, qu'il détestait la guerre, qu'un jour ils seraient libres. Il était sûr qu'elle aussi brûlait du désir de lui raconter ses choses, de lui raconter ses rêves. Mais entre eux se tenait le mur infranchissable de cinq mètres.

Cependant, un jour, c'était différent et il a pu l'atteindre et lui imposer la main.

C'était à midi. Les files de prisonniers avançaient lentement, ramassant le pot de soupe de pommes de terre et le morceau de pain. Elle le regarda alors qu'il avançait. Elle atteignit les cubes un peu avant Mayer et poussa par inadvertance le prisonnier devant elle. C'était une quinquagénaire colérique qui avait déjà été mise en quarantaine deux fois pour avoir agressé des collègues.

La soupe de cette femme tomba en partie par terre, quand son compagnon la poussa. Être remué comme une lionne et la pousser. La fille à la cicatrice sur la joue chancela, recula, trébucha sur une pierre et faillit perdre l'équilibre. Essayant de l'éviter, il recula encore plus. Et c'est alors que les bras de Mayer l'entourèrent pour l'empêcher de tomber.

Comme une étincelle électrique, elle parcourait leurs corps lorsqu'ils entraient en contact.

Ygenev, le chef de la caserne, en sortit comme foudroyé. Sa main tomba lourdement sur son épaule et la tira hors des bras de Mayer. Il la secoua comme une poupée sans nerfs et la gifla sur la joue avec une énorme gifle. Elle hurla de douleur. Et le cri sembla enflammer encore plus Ygenev, qui leva à nouveau la main.

Il n'avait pas le temps de frapper. L'un des prisonniers a quitté la file et lui a sauté dessus. Tout le monde était sans voix de surprise.

Mayer saisit la main dodue d'Ygenev et se recula, le retournant. Le chef de caserne hésita une fraction de seconde, surpris par une telle folie. Mayer a profité des dixièmes de seconde. Son poing droit jaillit à la recherche du visage d'Ygenev.

Mais il ne l'a pas trouvé. Le Russe faisait preuve d'une agilité surprenante, inhabituelle pour un homme gras comme lui. Il pencha la tête, évita le coup et leva la main droite, cherchant la cravache attachée à son poignet. Il ferma ses doigts sur la garde, la leva et porta le coup. La baguette siffla, Mayer bondit en arrière, essayant d'éviter le coup, et n'y réussit que partiellement. Le bout de la baguette caressa ses vêtements, les déchirant comme la lame tranchante d'un couteau. Ygenev relance l'assaut. Le bâton a percuté la tête de Mayer et il a essayé de se couvrir avec ses bras. Il hurla de douleur au coup, reculant d'un pas. Ygenev étendit durement son pied, le plaquant entre les jambes de Mayer.

L'Allemand rugit douloureusement et s'accroupit. Le Russe a ensuite attaqué dans un tourbillon. Son poing gauche l'a frappé sans pitié, alors qu'il déchargeait la canne. Mayer ne s'est pas tout à fait effondré. Il a résisté à la pluie de coups qui lui ont claqué au visage. Le sourcil droit s'est gonflé et le sang a jailli. Un autre coup sembla lui crever le nez, provoquant un afflux de sang.

Ygenev haletait. J'étais fou. Il oublia le bâton qui lui glissa de la main et concentra toute sa force sur ses poings qu'il déchaîna sans pitié.

Mayer, accroupi, chancela. Mais il n'est pas tombé. C'était absurde qu'il fasse de son mieux pour ne pas s'effondrer. Cela a exaspéré Ygenev, qui a continué à le battre. Les poings du Russe étaient ensanglantés.

La fille avec la cicatrice sur sa joue gémissait de douleur à chaque coup que Mayer recevait, comme si les impacts lui tombaient dessus.

Finalement, l'Allemand n'a pas tenu le coup. Un puissant coup de poing s'abattit sur son nez, le renversant.

Ygenev s'est jeté sur Mayer, lui a donné un coup de pied au visage, qui l'a touché à la joue, la déchirant. Un autre coup de pied s'abattit sur la gorge du prisonnier.

Mayer remua follement. La bouche grande ouverte, elle cherchait de l'air pour respirer, de l'air pour ses poumons. Il roula sur le sol, tenant la partie douloureuse des deux mains.

Ygenev sembla se calmer. Haletant, il regarda autour de lui. Les prisonniers étaient immobiles.

« Allez, allez... ! La nourriture devient froide ! Le Russe a crié. Et puis, désignant plusieurs des gardes, il a ajouté : « Sortez ça d'ici. Emmenez-le à l'infirmerie.

IV

Quand il a repris connaissance, il était à l'infirmerie. Il sentit une main écarter ses lèvres et mettre quelque chose dans sa bouche. Une voix dit :

« C'est le thermomètre. Ne le cassez pas.

La voix était féminine. Il ouvrit les yeux. Mayer en est venu à penser qu'il était devant la fille avec la cicatrice. Mais il vit une inconnue, pas très grande, au visage ovale, qui le regardait avec un sourire.

"Où...? commença Mayer à dire.

— À l'infirmerie des champs, répondit-il dans un allemand parfait. " Elle est entre amis, n'ayez crainte... Je suis Allemand. J'ai été fait prisonnier par les Russes près de Moscou... Maintenant, taisez-vous et reposez-vous, ne vous inquiétez de rien. Vous avez encore deux jours pour être ici.

Elle finit de le couvrir avec les couvertures et partit. Mayer fixa les murs nus et blanchis à la chaux de la pièce où il se tenait. La partie supérieure des murs qui l'isolaient n'atteignait pas le plafond, laissant un espace de douze pouces. Au-dessus de lui se trouvait le toit du dortoir. Les lamentations d'un blessé filtraient par la brèche.

Deux minutes plus tard, l'infirmière arriva. Il enleva le thermomètre, le regarda et sourit.

« Vous avez récupéré facilement, Mayer... Dans deux jours, vous serez de retour au travail.

« Je serai trop faible.

« Trois jours est le séjour maximum autorisé dans cette infirmerie. Le quatrième jour, le prisonnier reçoit une injection d'huile et meurt au bout de deux heures. Je suis vraiment désolé, mais c'est comme ça... "et baissant la voix il ajouta" : Sinii m'a donné ça pour toi.

Il souleva les couvertures et mit quelque chose dessous, à côté de Mayer. Il a tâtonné jusqu'à ce qu'il prenne ce que l'infirmière lui a donné. C'était un morceau de pain.

« Qui est Sinii ? murmura-t-il.

« La fille russe, celle avec la cicatrice... Elle était ici il y a trois semaines, à la suite d'un coup de pied qui lui a ouvert la joue. C'est une très bonne fille, tu verras.

"Quand ? La déception se reflétait dans la voix de Mayer.

"Un jour. Croyez-le, cela ne peut pas durer éternellement. Cela prendra fin, bien sûr, vous verrez.

"Ou je ne le verrai pas," murmura Mayer, serrant le pain de Sinii. Sur le terrain, les 150 grammes de pain représentaient le seul aliment solide qui était consommé. Les abandonner signifiait passer une journée désagréable, la faim rongeant les tripes. Il avait l'impression que le pain était la main de Sinii et donc il le serra fort.

L'infirmière a commencé à s'éloigner, mais Mayer l'a arrêtée.

"Ecoutez...

« Je m'appelle Ursula.

« Écoute, rsula, j'aimerais savoir une chose : où habite Sinii ?

« Dans la deuxième caserne des femmes. Mais n'essayez pas de le voir... Les barbelés sont électrifiés. Je mourrais.

« Peut-être qu'un jour je pourrai aller la trouver... Remerciez-la pour le pain.

"Je le ferai, n'ayez crainte. Je dors dans la même caserne.

Ursule est partie. Mayer jouait avec le pain en le caressant. La faim jouait aussi avec ses intestins, mais il se retenait.

Il s'endormit en sentant près de son corps les cent cinquante grammes de pain que Sinii lui avait réservé.

* * *

Le troisième jour, il quitta l'infirmerie. Il a passé la nuit à dormir. Gelaute et Duckstein veillaient sur son rêve. Les deux amis lui avaient réservé une partie de sa ration de pain.

Le lendemain matin, il retourna à son travail à l'usine de chaussures.

Il attendait avec impatience que midi vienne. Au fur et à mesure que le temps passait, son pouls battait plus fort. Je reverrais Sinii. Sinii. Joli nom. Ça sonnait bien, très, bien, pensa-t-il.

Il a calculé le temps pour le travail effectué. Cela ne pouvait pas être long. Il fut surpris de ne pas la voir tirer la brouette sur les tables de travail.

Enfin, la sirène de campagne retentit dans l'air, signalant que la journée était terminée. Il quitta son poste, aligné près de la porte, et en formation ils marchèrent vers la caserne pour ramasser l'assiette et la cuillère. Puis ils se dirigèrent vers la cour centrale du champ.

Et là, il la vit.

Sinii était à nouveau glabre. Sa tête, grisâtre, chauve, révélait les ombres des veines.

Mayer sourit, la saluant. Puis il joignit les mains dans une étreinte serrée, comme s'il l'embrassait.

Sinii, le revoyant, se sentit désolé. Le visage de Mayer était une masse contusionnée, jaune par endroits, violacée sur le menton et les pommettes. Le sourcil droit fendu n'était pas encore cicatrisé.

Les rangs avançaient lentement vers les cubes.

Ygenev était avec eux. Il regarda le visage de Mayer puis cracha ostensiblement. Quand l'Allemand fut à ses côtés, il murmura :

« La prochaine fois, je te tuerai.

Ils ont rempli l'assiette d'un pot de soupe de pommes de terre. Mayer ramassa le pain et commença à le défaire, jetant les miettes dans la soupe. Il se dirigea vers la caserne. Ygenev le suivait des yeux.

Lorsqu'il atteignit le dortoir, il se laissa tomber sur la couchette. Puis il se leva et commença à manger la soupe. Gelaute et Duckstein sont arrivés très tôt.

"Faites attention" dit le premier d'entre eux. Le cochon d'Ygenev ne te quitte pas des yeux.

"Essaye de l'éviter," marmonna Duckstein. Je pense qu'il te tuera dès qu'il en aura l'occasion.

Mayer les regarda. Il sourit, mais le rictus de sa bouche était tragique, désagréable. Ses lèvres violettes le tenaient presque repoussant.

« N'est-ce pas merveilleux ? leur demanda-t-il, toujours en train de manger.

« Oubliez-la... Ils font partie de la torture. Ils servent involontairement d'instrument aux Russes.

« Elle s'appelle Sinii... Joli nom, non ?

"Ne te souviens pas d'elle. Ne pense pas à elle... Ce sera ton malheur.

« Facile à dire, Duckstein, mais difficile à faire. Je ne pense pas que vous ayez oublié votre Marta.

"Ma femme est loin ; ça m'inquiète, ça me met mal à l'aise, mais je ne peux rien pour elle. Tu peux essayer d'aider Sinii. Et tu devrais éviter ça, parce que quand tu essaies...

« Il vit dans la caserne numéro deux. Ursula est là aussi », a chuchoté Mayer.

« Qui est Ursula ? demanda Gelaute.

"Un compatriote. Infirmière; tombé au pouvoir d'"Ivan" lors de la prise de Moscou.

Duckstein a coupé court à la conversation.

« On se moque de qui c'est, Mayer... Nous sommes seulement intéressés à sauver la peau, à mettre fin à tout ça... S'enfuir.

" Fuir ? " Répété comme un écho Mayer. " Savez-vous ce que vous dites... ? Vous souvenez-vous des barbelés que nous avons vus citant notre arrivée ? Et les postes de contrôle ? Et les chiens... ? Nous sommes dans une souricière. Pour fuir c'est mourir.

"Ils disent que quelques semaines avant notre arrivée, deux Allemands ont réussi à s'enfuir", a insisté Duckstein.

"Parlez plus clairement" demanda Gelaute.

"Je ne peux pas, je ne sais rien avec certitude... Peut-être que dans quelques semaines je saurai autre chose.

Mayer regarda Gelaute. Puis les deux regardèrent Duckstein, qui semblait regretter ce qu'il avait dit.

A ce moment, les sirènes retentirent pour signaler l'heure de faire la queue pour aller travailler. Alors qu'ils s'apprêtaient à quitter la caserne, Duckstein le saisit par les coudes et murmura :

« D'après ce que je vous ai dit, ne dites rien à personne... La vie de nombreuses personnes est impliquée là-dedans.

« Quelques secondes plus tard, ils se sont formés.

* * *

La vie continuait tout aussi durement. Les jours passaient lentement. Les semaines passèrent. Tout était pareil.

Parfois de nouveaux prisonniers arrivaient. Il était difficile de leur parler, et les petites nouvelles qu'ils apportaient couraient de bouche en bouche, déformées par l'imagination et le désir. Des groupes nazis existaient dans le camp qui tentaient de contrôler leurs camarades avec la menace que lorsque Hitler les libérerait, ils demanderaient une purge des détenus.

Il y avait aussi des groupes anti-Hitler. Et des anticommunistes, composés pour la plupart de Russes asservis.

La journée de travail a été augmentée d'une heure, de sorte que pratiquement non, ils ont eu le temps de faire autre chose que de dormir. Les hommes tombèrent sur leurs lits de camp, épuisés. Et le lendemain, coûte que coûte, ils devaient être à leur poste, s'ils ne voulaient pas risquer d'être envoyés à l'infirmerie de campagne, d'où très peu s'en sortaient vivants.

Mayer n'avait qu'un seul espoir : le visage de Duckstein. Elle le regardait constamment, attendant que la possibilité à laquelle il faisait allusion se réaliserait : la fuite.

Une autre chose qui a changé sur le terrain a été la lecture du rapport de guerre. Chaque jour, avant de partir travailler, tous les prisonniers étaient rassemblés sur l'esplanade centrale et le rapport de guerre était lu. Selon les informations fournies par les Russes, « pour éviter les fausses nouvelles et les mensonges pleins de mauvaise foi », comme ils disaient, les troupes soviétiques avancèrent en défaisant toute la ligne, en brisant les fronts, en capturant des milliers de prisonniers qui passèrent dans les camps de travail en où ils recevaient une occupation et les soins nécessaires en cas de blessure.

Les soins que les blessés reçus étaient connus de tous : l'injection d'huile. L'occupation pouvait être diverse : travailler dans les mines, construire des chars, confectionner des vêtements, des chaussures...

Cependant, un matin de fin d'été, ils ont été conduits directement aux ateliers. C'était l'événement du jour : l'absence du rapport de guerre, de cette caricature de l'information de guerre.

Ils l'associaient aux dernières nouvelles arrivées au camp par les prisonniers nouvellement incorporés. L'armée allemande s'était préparée à passer à l'attaque. D'énormes contingents de troupes étaient concentrés à l'arrière pour lancer une campagne éclair qui permettrait de regagner le terrain perdu ces derniers mois.

Le bouleversement était énorme.

Certains prisonniers, employés dans les bâtiments de commandement, ont ajouté qu'ils avaient remarqué un malaise, une peur. On a même pensé à un moment donné procéder à un transfert du terrain. Cependant, cette nouvelle a été rejetée comme fausse lorsqu'on a appris qu'au premier jour, comme chaque début de mois, arriveraient les camions transportant les peaux vierges qui passaient à la tannerie.

Ces énormes véhicules chargeaient les chaussures fabriquées au cours du mois et repartaient le second. Ils sont restés une nuit sur le terrain.

Le 28 septembre, Mayer et Gelaute étaient allongés sur leurs lits superposés, essayant de récupérer en quelques heures les forces perdues pendant toute la journée de travail.

Lorsque Duckstein est arrivé, il s'est assis sur le bord du lit de Mayer et a commencé à enlever ses chaussures.

Et puis, presque sans voix, il murmura :

« Dans trois nuits c'est le vol.

Le cœur de Mayer rata un battement. Gelaute, plus froid, plus cérébral, parvint à se maîtriser et ne broncha pas.

<h1 style="text-align:center">V</h1>

Le vingt-neuvième jour passa, et le trentième. Rien d'anormal ne s'est produit pendant les deux jours. Et pourtant, les prisonniers pressentaient que quelque chose allait se passer. Les nouvelles étaient déformées. On disait que des techniciens allemands avaient découvert une arme puissante avec laquelle les États-Unis ont été attaqués, détruisant les plus grandes villes américaines en quelques heures. On parlait d'une avance rapide des Allemands sur le front oriental. Pour la paix avec tous les alliés sauf la Russie...

Le 30 au soir, pendant qu'ils buvaient leur soupe de pommes de terre, Duckstein discutait avec ses deux amis.

« Il n'y a qu'une certitude : nos armées ont attaqué par surprise et ont réussi à percer le front russe, les envelopper dans un sac et avancer vers l'Est. Il y a trois jours, on craignait que les Russes ne soient pas en mesure de contenir l'attaque. Maintenant les choses ont changé et les fronts se sont reformés, à moins d'une centaine de kilomètres d'ici. Derrière les lignes allemandes, un sac avec les soldats soviétiques est resté. Ivan essaie de briser le nouveau front sans succès. Et nous ne pourrons plus avancer, je veux dire nos troupes. Il n'y a qu'une seule solution si nous voulons survivre ; aller à sa rencontre.

"Comment ?

« En fuite. Tout est prévu. L'atelier de tannerie a préparé le coup. Chacun de nous avisera ceux en qui il a confiance et qui travaillent dans d'autres sections.

Le cœur de Mayer battait la chamade. Il sentit que la liberté était proche. Gelaute secoua convulsivement le menton.

« Est-il possible de sortir de cette souricière ? chuchota Gelaute.

« Demain les camions arriveront avec la peau. Ils passeront la nuit ici. A onze heures nous lancerons l'assaut... Nous savons que seuls quelques-uns atteindront leur objectif. Le reste mourra. Mais je suis

40

sûr qu'ils le feront satisfaits, sachant que leur mort signifie le salut de quelques-uns.

"Quel est le plan?

« Avant onze heures, les chefs de caserne seront assassinés. Ensuite, il sera temps de prendre d'assaut le poste de commandement et le poste de contrôle. Il n'y a pas de plan défini. Une tentative sera faite pour détruire le contrôle électrique de l'ensemble du champ. Et si ce n'est pas possible... alors tant pis. Nous mourrons avant.

Les trois étaient silencieux. Pour terminer. Mayer marmonna :

« Et les camions ?

« Ils le seront pour quelques-uns. Ceux qui réussiront auront de meilleures chances de s'enfuir.

« Avons-nous une place dans ces camions ? Syllabe gelaute.

"Je ne sais pas.

"Et tu?

« Personne n'a sa place. Il agira selon les circonstances.

« Ce sera horrible.

« Oui, nous savons... La mort de beaucoup pour en sauver quelques-uns Nous prendrons soin d'Ygenev. Ensuite, nous expliquerons aux autres ce qui se passera à onze heures.

"'Nous' ne liquiderons pas Ygenev", marmonna Mayer. Et il a ajouté: "Je serai celui qui l'achèvera."

« Il doit mourir sans bruit.

« De cette façon, il mourra, ne vous inquiétez pas et pendant qu'il parlait, il a caressé la serviette qu'ils lui ont donnée le jour de son arrivée à Boringezov.

* * *

Le lendemain, 1er octobre, il s'est inscrit pour un examen médical. Il savait qu'il perdrait cent cinquante grammes de pain, car c'était la punition qui était imposée à ceux qui allaient à l'infirmerie et n'étaient pas admis. Mais il s'en fichait.

Là, il trouva Ursula.

— Il faut que je te parle, murmura-t-il en passant devant elle, qui organisait les dossiers des prisonniers malades.

Mayer était le dernier des malades. Et pendant qu'il attendait la fin de l'avant-dernière visite, Ursula s'approcha de lui.

"Que veux-tu?

« S'il te plaît, dis à Sinii que ce soir, à onze heures, elle est près des barbelés... Quitter la caserne pour aller aux latrines, faire n'importe quoi, mais être là.

"Pourquoi?

« Ne demande pas. Úrsula... Je veux l'aider.

« Je comprends » murmura-t-il « Autre chose ?

« Merci, Ursula. Merci.

La porte du bureau s'ouvrit. Le médecin a sorti le prétendu patient d'une poussée.

« Pas de pain ! cria-t-il avec colère.

Mayer entra. Il parlait à peine et ne savait pas comment expliquer précisément ce qu'il en était là. Cela a rendu le docteur encore plus furieux. Il l'a attrapé avec une griffe, l'a traîné jusqu'à la porte et là, il lui a donné un coup de pied, le jetant hors du bureau.

« Pas de pain ! », crie.

Ursula prit la carte et nota la punition. Il se pencha sur Mayer comme pour lui demander des informations, mais murmura :

"Est-ce que ça va?

"Úrsula... Si tu peux, essaie d'être là à onze heures" dit l'Allemand presque sans voix. Je viendrai vous trouver", a-t-il ajouté, comme si c'était la chose la plus normale dans le camp de Boringezov.

L'infirmière soupira de satisfaction.

« Merci... Nous vous attendrons ici, à la porte de l'infirmerie. Les Russes me connaissent et si j'accompagne Sinii ils me laisseront passer.

Les prisonniers sont également visités ici. Les agents de santé vivent... Parfois j'ai accompagné une fille pour qu'elle... Nous serons là, Mayer, nous serons là.

Ursula, faisant semblant de l'aider à se relever, lui prit la main en la serrant fort.

Mayer tenait la main d'Ursula entre ses doigts.

Il dut faire un effort pour se contenir. Et, enfin, il quitta la caserne, destinée à un hôpital.

***

La journée se passa avec une lenteur exaspérante.

Quelque chose d'étrange flottait dans l'air. Comme si le bruit s'était répandu qu'ils allaient tenter de s'échapper. L'atmosphère était électrifiée, tendue.

A midi, Mayer n'a pas reçu sa ration de pain. Duckstein lui a donné une partie de la sienne.

«Pourquoi êtes-vous allé à l'hôpital? Il a demandé.

Mayer n'a pas répondu. Il a juste râpé le pain et l'a jeté dans la soupe.

« Sinii ? insista Duckstein.

"Peut-être" marmonna-t-il.

Duckstein haussa les épaules. Bientôt, les sirènes les ont rappelés au travail. L'après-midi a été éprouvante. Mayer regardait les semelles cousues, essayant de deviner l'heure qu'il était. Lorsque les sirènes ont sonné mettant fin à la journée de travail, le cœur de Mayer a augmenté le rythme de ses palpitations.

Ils dînèrent à la caserne. Pas de pain. Gelaute partagea le sien avec Mayer.

"Duckstein m'a dit que tu prévoyais de prendre Sinii" dit-il, sans demander, sans affirmer.

« Achetez-vous la réponse avec du pain ? Mayer siffla.

« Vous pouvez faire ce que vous voulez, mais n'oubliez pas une chose : elle en a plein. Comprenez-vous que cela ne peut que nous créer des problèmes.

« C'est du russe. Cela nous aidera avec la langue.

Gelaute fixa l'horloge centrale du dortoir.

"Dix quinze... Avant une heure nous serons libres ou nous serons morts" murmura-t-il, allongé sur sa couchette. Cela semblait calme. Seul le mouvement convulsif de son menton le trahit :

Duckstein resta assis sur le lit de Mayer.

La plupart des prisonniers gisaient enveloppés dans des couvertures, essayant de dormir. D'autres étaient alertes. Ils avaient remarqué que quelque chose d'étrange flottait dans l'environnement. Ils s'attendaient à ce qu'il se passe "quelque chose". Ils ne savaient pas quoi, mais cela devait arriver.

Les aiguilles de l'horloge avançaient vers onze heures. Au fil des minutes, les prisonniers se sont allongés sur leurs lits superposés. Le doux ronflement de ceux qui somnolaient se faisait entendre.

Vingt-cinq à onze. Gelaute bougeait le menton de temps en temps. Mayer pensait à Sinii. Duckstein en Marta, sa femme.

Vingt à onze. Peu d'hommes restaient debout. Dans cinq minutes, Ygenev semblerait effectuer la dernière visite d'inspection.

Et enfin onze heures moins le quart. Mayer se leva. Sa main se referma sur la serviette.

"Attention," murmura Duckstein. Essayez de ne pas crier.

Mayer se dirigea vers la porte. Il sentit qu'Ygenev venait à sa rencontre, au rendez-vous que le destin lui avait donné avec la mort. Il se déplaça lentement entre les lits métalliques. Seuls quelques-uns l'ont regardé. Quelqu'un a pensé que c'était quelqu'un qui est venu aux latrines en retard. Peut-être souffrait-il de décomposition, une maladie courante dans le pays.

A onze heures moins treize, la porte s'ouvrit pour laisser entrer Ygenev. Mayer était très proche de lui, avec la serviette autour du cou, tenant une extrémité. Les petits yeux d'Ygenev brillèrent à sa vue.

« Retourne te coucher, ordonna-t-il.

Mais Mayer n'a pas obéi. Certains ont regardé. Gelaute, de sa couchette, contemplait la scène prêt à intervenir s'il le fallait. Duckstein sentit un frisson parcourir son corps-

Ygenev posa ses poings sur sa taille, mettant ses bras sur les hanches.

— Une ration de coups de poing ne t'a pas suffi, connard ? "Je demande". Aller au lit! Il a commandé. Mais Mayer n'a toujours pas obéi.

Au moment où le Russe a voulu s'en rendre compte, il était trop tard. La serviette traçait un cercle, dans les airs et comme un serpent encerclait son cou. La main de Mayer attrapa rapidement le bout de la serviette et la croisa violemment contre le côté opposé, attirant le Russe à l'intérieur et le recevant avec un énorme genou entre les jambes. Le coup fut si fort que le cri que la douleur arracha des lèvres d'Ygenev, perça les murs de la caserne.

Ils se sont tous réveillés. Pendant quelques secondes, ils regardèrent, abasourdis, ce qui se passait.

Mayer n'arrêtait pas d'enrouler la serviette autour de sa proie. Les lèvres d'Ygenev rougissaient. Sa langue, devenue une masse orangée, bougea avec difficulté. Ses dents, sales de nicotine, contrastaient avec sa langue. Les yeux semblaient avoir grossi, comme s'ils luttaient pour sortir de leurs orbites.

Les mains de Mayer tremblaient. Il entendit des bruits de pas à l'extérieur, des gens se dirigeant vers la caserne. Il savait que c'était les Russes. Mais il a continué à serrer sa prise, le noyant.

Un cri résonna entre les couchettes.

— C'est maintenant ou jamais ! hurla Gelaute. Il fut le premier à quitter sa position et à courir vers la porte.

Trois soldats russes du service de surveillance ont fait irruption dans la caserne. Et avant qu'ils aient eu le temps de réaliser ce qui s'était passé, l'un des lits métalliques, poussé par plusieurs prisonniers, s'est jeté sur eux, les renversant. Un Russe a appuyé sur la gâchette de sa mitraillette et l'explosion a traversé l'air, s'enfonçant dans le plafond.

L'alarme avait déjà été donnée. Ces tirs allaient mettre le camp sur le sentier de la guerre. Le combat avait commencé.

Lorsque les trois Russes ont voulu savoir ce qui se passait, il était trop tard. Une avalanche d'hommes assoiffés de sang s'abattit sur eux, les piétinant, les déchirant. Des armes lui ont été arrachées des mains. Un cri de triomphe, brutal, démesuré, naquit dans la gorge des prisonniers.

Mayer serra encore plus. Ygenev n'était qu'une mauviette sans vie. Un filet de sang s'échappa d'entre ses lèvres. Mayer lui a encore donné un coup de genou, et quand il n'a pas rugi de douleur, il a desserré son étreinte. Le chef de la caserne tomba au sol, sans vie, noyé.

Des sirènes d'alarme retentirent partout. Les projecteurs ont suivi le camp. Des cris et des explosions ont été entendus dans d'autres casernes. Les prisonniers commencèrent à démonter les lits métalliques et s'armèrent de barres de fer.

Mayer prit le pistolet de la ceinture d'Ygenev et, l'ayant en main, sortit en courant de la caserne.

Il se dirigea vers l'infirmerie.

Il ne pouvait qu'entrevoir ce qui se passait autour de lui. Des hommes qui se déchaînent, des barres de fer à la main. Russes cherchant refuge dans les tours de commandement. Des projecteurs qui ont déchiré l'obscurité...

Des cris et des rafales. Des éclats et des cris.

Mais une seule idée, un seul nom, emplissait la tête de Mayer, Sinii.

Il allait risquer sa vie pour elle.

Peut-être qu'il la perdrait.

VI

L'obscurité était totale, Úrsula s'avança, prétendant qu'elle tenait Sinii. Au loin, on pouvait voir la lumière des réflecteurs qui éclairaient les barbelés, qui traversaient les espaces entre eux.

Tout était calme et tranquille. Et pourtant, ils savaient que Boringezov allait se transformer en enfer dans quelques minutes.

Ils arrivèrent à la caserne de l'infirmerie. Ils ne savaient pas quelle heure il était.

Ils se sont adossés au mur, cherchant protection dans l'ombre du bâtiment...

Sinii tremblait. Il n'avait pas peur, il ne craignait pas de mourir, mais il ne pouvait contenir les violents battements de son cœur. Elle se souvint de ce jour où il l'avait presque serrée dans ses bras.

Ursule, plus forte, resta immobile, attendant. Il respirait à peine.

Quelques minutes passèrent qui semblèrent une éternité.

Et finalement, une rafale de mitraillette a retenti.

Sinii, d'une manière convulsive, bougea ses bras et appuya fort.

Les secondes passèrent. Une sirène retentit. Puis un autre et un autre. D'autres projecteurs se sont allumés. Le fil de fer barbelé était entièrement illuminé. Les chiens de garde aboyèrent. Les lumières, puissantes, traversaient le champ, déchirant la nuit.

C'est alors que les portes de l'une des casernes s'ouvrirent et qu'une masse hurlante de prisonniers en sortit. Les mitrailleuses dans les tours de guet crépitaient. Ils reproduisaient des rafales de mitrailleuses et des cris de haine. Les poings, inutiles dans les circonstances, s'agitaient en l'air. Un cri retentit partout. C'était le mot d'ordre.

"Maintenant ou jamais!

"Maintenant ou jamais!

D'autres casernes ont ouvert leurs portes violemment, poussées par les prisonniers prêts à se battre pour leur liberté. Aussi les fenêtres vomissaient des hommes armés de restes de lits, de barreaux métalliques.

Les deux femmes se blottirent contre le mur ombragé. Le combat s'est propagé aussi vite que des cercles concentriques dans les eaux calmes d'un lac lorsqu'une pierre y tombe, brisant sa surface lisse.

Soudain, une voix a surmonté les cris assourdissants.

« Sinii...! Sinii !

La Russe ne pouvait pas se contenir. C'était la voix menaçante ; Il n'avait jamais parlé à Mayer, mais il savait, savait que c'était sa voix.

Ils ont vu un homme courir vers la caserne, pour se soigner. Il a sauté sur sa droite pour éviter le faisceau lumineux d'un projecteur. La lumière continua son chemin à la recherche des hommes. C'était comme s'il essayait de créer une séparation entre les quartiers des prisonniers et ceux des Allemands. Une mitrailleuse cliquetait et les projectiles soulevaient de petits nuages au sol, suivant la lumière, indiquant la trajectoire de l'explosion.

Mayer a recommencé à marcher. Il avait un pistolet à la main.

Il lui restait une trentaine de mètres à parcourir. Vingt. Dix.

Juste les dernières foulées et il pouvait tenir dans ses bras la femme dont il rêvait pendant ces mois infernaux de captivité.

C'était juste au moment où il atteignait la caserne, où il allait passer devant l'entrée. La porte s'ouvrit et la lumière de l'intérieur fut projetée sur le sol, allongée. Un homme est apparu dans le cadre, mitraillette à la main.

Mayer hésita une seconde, une fraction de seconde en fait. Il trébucha, essaya de reculer, mais réalisa qu'il était trop tard.

L'homme qui portait la mitraillette, un capitàn médecin, il a pris le pistolet et sa main s'est élancée vers la détente. Mais son geste était tardif. Avant qu'il ne réussisse à tirer, le pied de Mayer a percuté le canon du pistolet, le faisant dévier. Son poing droit traversa l'air, s'enfonçant dans la gorge du docteur, et son index appuya sur la détente du pistolet. Le coup, à bout portant, sonnait sec, laconique.

Le médecin rugit, écartant les mains, éloignant ses bras de son corps.

La mitraillette n'a pas touché le sol. Mayer l'a attrapé en premier. Il a repoussé le docteur, qui était toujours debout. Il n'a pas hésité ni eu de compassion. Dans le camp de Boringezov, la compassion était inconnue. Sans viser il appuya sur la détente, perçant le corps du Russe, qui rugit de façon inintelligible puis s'écroula au sol.

Mayer a sauté de l'autre côté de la caserne.

Alors il ne put que marmonner un mot :

"Sinii..." fit-il faiblement, sans force. Elle hocha la tête en secouant la tête d'un air affirmatif. Mayer écarta les bras et la Russe se jeta entre eux, secouant fermement le corps de Mayer.

Ursula contempla la scène en silence. Il sentit qu'un vide presque absolu naissait dans son cœur.

Les sirènes continuaient de hurler. Les barbelés étaient allumés comme en plein jour. Les mitrailleuses remplissaient de plomb l'espace devant les barbelés, empêchant les prisonniers de s'approcher d'eux.

Une caserne a brûlé à une extrémité du terrain.

Les combats étaient devenus généraux. Prisonniers contre gardiens. Opprimé contre les oppresseurs.

Pris par surprise, les Russes battent en retraite, se réfugient dans la caserne numéro trois, réservée à leur usage, ainsi que dans les tours de contrôle et le poste de commandement.

Beaucoup d'observateurs avaient atteint ces points. Ceux qui étaient bloqués dans la caserne de la prison, ont été détruits. Certains sont tombés aux mains des Allemands lorsqu'ils ont couru pour se protéger. Sa mort ne fut pas plus douce que celles de ses compagnons.

Leurs armes tombèrent entre les mains des prisonniers. Ce n'étaient plus des restes de lit contre les mitrailleuses. C'étaient des armes à feu contre des armes à feu.

De l'enfer qui se développait autour de lui, Mayer ne sembla pas le remarquer.

Ses mains se posèrent doucement sur le visage de Sinii. Il ressentit un frisson lorsqu'il sentit la peau fine et lisse de la fille. Puis ses doigts touchèrent les lèvres de Sinii. Elle se renfrogna, embrassant le bout des doigts de Mayer.

L'Allemand baissa la tête au-dessus d'elle. Ses lèvres effleurèrent ses doigts. Et quand il les retira, ils étaient à quelques centimètres de la bouche de Sinii. Il a fallu très peu pour parcourir cette distance. Ils le firent avec empressement, d'un geste presque violent ; embrassant, cherchant à trouver tout son être dans ce baiser.

Autour de lui, le combat continuait. La guerre n'était plus au front. Le combat était passé à l'arrière de l'armée soviétique et ils se battaient pour la liberté.

Ursula serra les poings, enfonça ses ongles dans sa propre chair. Il ressentit une douleur énorme, un vide impressionnant. Il avait le sentiment de ne pas vivre. Mais elle a vécu, elle a continué à vivre immergée dans la lutte.

Sinii chercha à nouveau les lèvres de Mayer. Et il les a trouvés. Que leur importaient ce qui se passait autour d'eux ? L'essentiel, c'était eux. Ils.

"S'il te plaît..." murmura Ursula.

Sa voix parvint, confondue avec le bruit des rafales, à Mayer. Il a compris qu'ils ne pouvaient pas perdre de temps. Il répéta la phrase en regardant profondément Sinii dans les yeux.

« S'il vous plaît... » murmura-t-il en allemand.

Et il fut surpris quand elle lui répondit avec un parfait accent allemand.

"Si je comprends. Ce que tu veux.

Mayer lui prit la main et regarda Ursula,

"Allez... Peut-être qu'ils nous attendront si tout s'est bien passé...

Ils contournèrent la caserne de l'infirmerie et atteignirent l'arrière de la caserne. Un projecteur, à ce moment précis, éclaira un homme qui courait. Pendant quelques secondes, quelques mètres, il l'a suivi. Le prisonnier tenta d'éviter la lumière, mais avant qu'il ne le puisse, une rafale de mitrailleuse le fendit pratiquement en deux.

Le faisceau de lumière passa.

« Maintenant ! a crié Mayer, partant en courant.

Sinii et Ursula le suivirent.

Le réflecteur est revenuou alorssur cet espace de terre. Ils ont continué à courir et la lumière s'est avancée sur eux.

Mayer tomba au sol, ses coudes appuyés sur le sol, et la mitraillette crépita dans ses mains. Tout s'est passé en une seconde. Juste au moment où la lumière était sur le point de le frapper, le réflecteur a été touché et a explosé. Les ténèbres renaissaient.

« Allez ! hurla Mayer, en sautant à nouveau, en courant. Une mitrailleuse, à l'aveuglette, secoua. Les projectiles sifflèrent les uns et les autres s'effondrèrent au sol.

Les deux femmes n'avaient pas peur. Ils étaient trop habitués à la guerre pour craindre la mort.

Mayer les dépassait en courant, se dirigeant vers l'arrière des ateliers, là où se trouvaient les camions. Il savait qu'ils auraient un poste là-bas. Duckstein ou Gelaute s'en chargeraient.

Ils n'eurent aucune difficulté à les atteindre. Ils l'ont fait juste au moment où les moteurs ont commencé à ronfler.

Mayer s'arrêta un instant. A côté de lui, les deux femmes s'arrêtèrent, haletantes, épuisées par l'effort.

Mayer s'est rendu compte que seuls les employés de la tannerie, où est née l'idée de la révolte, pensaient aux camions. Le reste des prisonniers semblaient ne vouloir qu'une chose : tuer.

Parmi les prisonniers de la section de bronzage, quelques-uns ont réussi à atteindre les véhicules. Et l'un de ces rares était Duckstein, qui, assis dans la cabine d'un camion, au volant, a commencé la marche.

Mayer n'a pas vu Gelaute.

« Duckstein ! Il a crié de toutes ses forces. Le cri a prévalu sur le bruit du combat.

L'Allemand l'entendit et les regarda. Le camion continua sa marche lente et incertaine.

« Viens ! Duckstein lui a crié dessus.

Mayer, Sinii et Ursula se sont précipités vers le camion, obéissant.

Les moteurs ronflaient toujours, chauffaient, avançaient péniblement.

La liberté semblait proche. Mais c'était encore loin.

* * *

Dès les premiers instants, une énorme confusion régna dans le camp de concentration. Les prisonniers attaquent les chefs de caserne dès la première explosion. Ceux qui ne savaient rien ont également lancé l'attaque. La soif de vengeance les a poussés. Ils voulaient régler le compte impayé entre eux et les Russes. Beaucoup étaient sur le terrain depuis plus de deux ans. Ils avaient tous des amis tués, assassinés, par les Russes.

Les casernes sont devenues, des cataractes d'hommes indignés, pleins de haine, armés des morceaux de lit.

Mais quelques-uns savaient ce qu'ils voulaient : atteindre le seul système possible pour fuir le terrain : les camions.

Ces quelques des prisonniers avec un plan réalisable, dans la tête, se précipitèrent vers les véhicules.

Sans Cependant, la route n'était pas facile. Un groupe de Russes était coincé parmi les camions et ils s'y barricadèrent prêts à vendre chèrement leur vie.

Duckstein, jetant un sort, se jeta au sol. Gelaute tomba à côté de lui.

Les armes des Soviétiques crépitèrent, établissant une barrière de plomb infranchissable.

La situation a duré quelques minutes qui ont semblé des siècles. Gelaute, nerveux, rampa par terre.

« Où vas-tu ? » lui a demandé Duckstein.

"Je reviendrai" fut la réponse énigmatique.

« Les camions sont là ! Duckstein a insisté Au fond de lui, il avait peur d'être seul. Une peur terrible.

— Je reviens, répondit froidement Gelaute.

Il a continué à ramper loin de ce noyau de lutte. Gelaute a fait naître son idée, sa propre idée, son but. Personne ne savait. Juste lui.

Il se leva et courut à travers la caserne. Il se heurta à ses compagnons qui couraient d'un bord à l'autre, comme des fous affamés de sang.

« Maintenant ou jamais ! » C'était le cri qui sautait partout.

Oui, maintenant ou jamais ; Pensa Gelaute.

Il atteignit l'une des casernes. A la même porte, il trouva un Russe mutilé, méconnaissable. Dans sa ceinture se trouvait une bombe à main. Gelaute sourit. Tout allait bien. Il ramassa la bombe et entra délibérément dans la caserne. Il supposait qu'il ne trouverait personne, mais il était prêt à affronter quelque chose de bien plus dur qu'un homme.

C'était la caserne pour l'administration du camp.

Il y avait le coffre-fort, avec les paiements russes. Les mensualités arrivaient avec les camions en cuir vierge.

Il s'avança vers la boîte. Fermé. Il recula de quelques pas, chercha un endroit pour se mettre à l'abri, le trouva. Il regarda à nouveau la boîte, jaugeant l'endroit le plus vulnérable de son solide cadre. Et enfin, il retira la fusée de la bombe et la lança, avec un pouls sûr, en rétrécissant immédiatement.

L'explosion a tout secoué. Les chaises tombèrent au sol, les tiroirs de la table s'ouvrirent, les papiers s'envolèrent...

Lorsque Gelaute a regardé, la boîte gisait sur le sol, un côté brisé. Tout un sac en cuir a été jeté. Un autre sac a été brisé et les roubles éparpillés autour.

Gelaute a pris le premier. Il le toucha et remarqua qu'il contenait de l'argent. Un sourire satisfait traversa son visage. Puis il commença à remplir ses poches avec les blondes que l'explosion avait propagées.

Les minutes passaient à une vitesse incroyable. C'était délicieux ! Il était riche ! Il était riche !... Mais riche en roubles.

Soudain, son sixième sens l'avertit que le danger pesait sur sa tête. La réaction de Gelaute fut violente. Sa main s'est refermée sur une chaise et une fraction de seconde avant qu'un Russe n'apparaisse dans le cadre, la chaise s'est envolée, projetée par Gelaute.

Le soldat ne s'y attendait pas. Il n'a vu, dans l'obscurité, que quelque chose qui lui a été lancé. Il appuya sur la détente de sa mitraillette, des projectiles s'enfoncèrent dans le bois de la chaise, mais il ne put éviter le coup.

Gelaute sauta comme un loup affamé.

Ses doigts se refermèrent sur la gorge du Russe, enfonçant ses ongles dans la chair, lui déchirant la gorge. Le Soviétique a essayé de crier, de se défendre, mais Gelaute lui a donné un énorme coup de tête sur le nez qui l'a laissé choqué, faisant couler le sang librement.

Le Russe a été transformé en mauviette.

Gelaute pressa de plus en plus, jusqu'à tirer le sang du cou de son ennemi, Quand il sentit ses ongles s'enfoncer dans la chair du Russe, quand il s'aperçut que la vie s'était échappée de ce corps, il le relâcha, Le cadavre tomba comme une poupée à le fait qu'ils avaient soudain coupé les fils qui le tenaient debout.

Haletant, l'Allemand retourna là où étaient les roubles. Il acheva de remplir ses poches, attrapa le sac de cuir et quitta la caserne, se dirigeant vers l'endroit où se trouvaient les camions.

Puis il réalisa qu'il était en retard. Les poids lourds avaient démarré.

Mais une lueur d'espoir brilla dans ses yeux lorsqu'il vit Duckstein assis au volant de l'un d'eux.

Il a couru vers le camion en agitant les bras, transformant le sac de roubles en drapeau.

« Duckstein ! rugit-il.

Les camions ont continué leur marche.

— Duckstein ! cria encore Gelaute en courant de toutes ses forces.

Les camions ont pris de la vitesse. Bientôt, ils deviendraient des monstres accablants qui entraîneraient tout.

La voix de Gelaute l'emportait sur le bruit des moteurs, sur le bruit du combat.

"Duckstein !!

VII

Les prisonniers se jetaient comme des chiens enragés contre les barbelés. Et comme un écho de son action, d'horribles cris de douleur sont nés. Leurs corps se sont contractés, ils ont noirci, et ils ont été saisis, électrocutés, dans ces mêmes barbelés sur lesquels ils ont été jetés, croyant que le courant avait été coupé.

Des scènes horribles s'ensuivirent.

Les femmes, dans leurs casernes, immobilisées par les gardes de ce secteur du champ, hurlaient désespérément, dans un déchaînement hystérique, comme si elles voulaient attirer l'attention du reste du champ.

Les chiens de chasse ont été relâchés par les gardes acculés dans la tour de commandement et les animaux ont été lancés en masse contre les prisonniers. C'étaient des bêtes préparées pour cette mission, qui avaient appris à sauter à la recherche de la gorge des prisonniers.

Leurs dents puissantes s'enfonçaient dans leur gorge, faisant rouler l'homme et le chien sur le sol. Ils ont été abattus, mais ils ont d'abord laissé une traînée de sang. Ceux qui ont assisté à la mort des misérables tombés sous la gueule des chiens ne l'oublieraient jamais. C'était un combat inhumain et horrible... Les chiens ont creusé leurs dents pointues comme des crochets. Les hommes ont essayé d'éviter cette morsure mortelle, en vain. Le sang jaillit, incontrôlable. Les doigts des prisonniers cherchaient le cou du chien. C'est l'erreur qui leur a coûté la vie.

Un seul, un paysan du sud de l'Allemagne ; connaisseur des chiens de chasse, il se lance à la recherche des yeux de la bête. Alors qu'il s'effondrait, traînant le chien, il s'enfonça les doigts dans les yeux, faisant un geste de vis. Les yeux sortirent de leurs orbites, le chien hurla, furieux... Soudain aveugle, il relâcha sa proie et se précipita en avant, courant comme s'il voulait fuir la nuit noire qui le surplombait. Il s'est écrasé contre le mur d'un dortoir. Ce fut un coup dur qui lui fit perdre connaissance. Une barre de fer s'est écrasée contre sa tête, lui enfonçant le crâne.

Pendant ce temps, le paysan allemand saignait jusqu'au sol, les mains serrées autour de son cou, essayant de contenir le saignement.

Ceux qui tombaient étaient abandonnés à leur sort. Personne ne se souciait de ceux qui gémissent, sont frappés par les rafales ou égorgés par les morsures de chiens.

Toutes les sirènes du champ hurlaient de manière assourdissante, comme si avec leur bruit elles essayaient de ressusciter les morts.

Les cadavres russes se mêlaient aux cadavres allemands. Les projecteurs, ceux qui étaient encore en service, parcouraient le terrain éclairant des scènes dantesques, des tas de morts, des hommes électrocutés... Les prisonniers connaissaient à peine les possibilités qu'ils avaient de sortir vivants de cet enfer. Mais au fond, ils ne se souciaient que d'une chose : la vengeance. Achevez les Russes une bonne fois pour toutes. Et puis... alors un nouveau jour naîtrait et à sa lumière ils verraient la mort. C'était une récompense suffisante pour ses efforts. Mais tous n'avaient pas sauté de leurs couchettes en criant « Maintenant ou jamais ! » Sans avoir de plan. Un groupe de la section de bronzage partit à la recherche des camions.

Quelques-uns d'entre eux ont réussi à atteindre leur objectif. Duckstein a réussi à s'installer dans une cabane. C'étaient des camions de dix tonnes, avec des roues lourdes sur lesquelles les dents étaient profondément marquées pour obtenir une adhérence sur terrain glissant...

Les moteurs ronflaient, les phares fendaient l'obscurité rivalisant avec les lumières de surveillance.

Au début, ils ont attiré l'attention de l'une des tours de contrôle. Une mitrailleuse a tourné à un angle de quatre-vingt-dix degrés et a visé les projecteurs. Les pare-brise d'un camion ont explosé et l'homme qui était assis au volant a porté ses mains à son visage dans un dernier geste réflexe, alors qu'un des projectiles lui détruisait le visage, le touchant au cerveau et le tuant sur le coup.

Le camion a perdu sa direction et a descendu une pente qui menait à la caserne de commandement, où un groupe de Russes tenait bon. Il augmentait sa vitesse au fur et à mesure. Quelqu'un a remarqué la présence du camion alors qu'il était déjà tard. Quatre prisonniers ont tenté de s'enfuir, sans succès. Le camion les a rattrapés. L'un a été projeté, rebondissant, roulant au sol. Les trois autres furent écrasés, périssant sous les lourdes roues. Le camion a encore augmenté sa vitesse. Et cela ne s'est pas arrêté jusqu'à ce qu'il s'écrase dans un angle de la caserne de commandement, le faisant couler. Pendant quelques dixièmes de seconde il a semblé que le véhicule allait s'encastrer, mais finalement, il s'est penché sur le côté droit, est resté en équilibre instable pendant quelques secondes et a fini par tomber sur le côté, tandis que le moteur prenait feu . De nouvelles fusées éclairantes ont illuminé ce secteur du champ. Minutes plus tard, le moteur a explosé provoquant l'effondrement de presque toute la façade de la caserne. Les prisonniers chargeaient comme une meute sanguinaire.

Pendant ce temps, les cinq camions restants ont poursuivi leur route en quête de liberté. Ils savaient que seuls quelques-uns réussiraient à sortir des barbelés.

Certains prisonniers, voyant les camions, se sont rendu compte que c'était le seul moyen de quitter le camp. Ils ont couru vers les véhicules en hurlant, en agitant les mains en l'air, en tissant des gribouillis de désespoir incompréhensibles... Certains ont réussi à s'agripper aux hautes caisses des camions et, dans un effort désespéré, sont montés jusqu'à eux.

D'autres ont essayé de monter sur les étriers, également hauts, et lorsqu'ils ont levé les pieds et l'ont soutenu là, ils ont perdu l'équilibre, tombant sous les roues arrière du camion, ce qui les coupait.

Duckstein pouvait entendre les cris. Mais il s'était promis de devenir une pierre, inflexible. Il ne s'intéressait qu'à Mayer et Gelaute.

Les autres... les autres ne comptaient pas. C'était l'esprit de la caserne, l'esprit de la couchette. Ces deux hommes étaient comme des frères. Les autres... juste des codétenus, d'infortune.

Les moteurs ronflaient, se réchauffant au fur et à mesure qu'ils allaient lentement. C'étaient des camions lourds, difficiles à manœuvrer...

Duckstein était un peu abasourdi. Des cris, des coups de feu, des hurlements, le bruit du moteur... Tout résonnait dans un méli-mélo meurtri.

Cependant, un cri perça son cerveau.

« Duckstein !

Il reconnut la voix. Il tourna la tête, regarda à sa gauche. Et il vit Mayer suivi de deux hommes se précipiter vers le camion. Il a appuyé sur la pédale de frein, s'arrêtant.

Un autre des véhicules l'a dépassé, le privant de vision du côté où Mayer s'approchait. Il entendit un hurlement de douleur et pensa un instant à la possibilité que son partenaire soit tombé sous les roues du camion.

Mais ce n'était pas comme ça. Il avait été un autre prisonnier.

« Viens ! Elle a crié en le voyant.

Mayer a comblé la distance en quelques enjambées. Il posa son pied sur l'axe de la roue de secours, ouvrit la portière et sauta dans la cabine. Duckstein a rétréci ses pieds pour permettre l'action.

« Lève-toi ! a crié Mayer.

« Elle ? demanda simplement Duckstein.

"Ils," répondit Mayer.

Sinii fut le premier à monter. Puis Ursule. Les deux femmes étaient épuisées par l'effort et respiraient lourdement, avec difficulté.

Duckstein les regarda un instant. Il reconnut Sinii. Mais pas Ursule.

— Merci, murmura l'infirmière.

Il n'a pas répondu. Il vient de relâcher les freins et se dirige vers les barbelés en suivant le chemin tracé par le camion qui le précède.

La vitesse augmentait. Il a écrasé des cadavres dans son sillage. Cadavres russes et allemands. Des hommes traînés sur quelques mètres par les roues du camion se transforment en bouillie sanglante.

Un prisonnier a réussi à sauter et à se rattraper à la porte du camion de Duckstein. Pendant un instant, il sembla qu'il allait perdre l'équilibre et donna un coup de pied en l'air jusqu'à ce qu'il réussisse enfin à s'appuyer sur l'étrier.

« Allez... ! Allez ! Il a crié comme un fou quand il a vu Duckstein le regarder.

"Je pensais le faire," marmonna-t-il froidement.

Ursula et Sinii, se recroquevillant, regardèrent le visage de l'homme. Cela reflétait la peur, l'effroi, le désespoir... Je n'oublierai jamais les yeux incroyablement grands de l'homme, sa bouche inclinée, sa peau brillante, couverte de sueur...

Un groupe a couru après le camion en hurlant. Mayer passa son visage par la fenêtre et les regarda sauter, s'agripper à l'arrière de la boîte, s'y accrochant désespérément. Certains ont réussi à s'accrocher et à tomber dans la carrosserie du véhicule. D'autres ont été traînés, jusqu'à ce qu'ils tombent. Le camion qui a suivi les a illuminés de ses tragiques pirouettes. Mayer ferma les yeux pour ne pas voir ce qui allait se passer. Mais il n'a pas réussi. Il a regardé la raclée désespérée d'un prisonnier qui avait glissé en essayant de grimper jusqu'à la boîte.

Lorsqu'il tomba, il était sur le point de perdre l'équilibre, il parvint à se maîtriser sur quelques mètres, il avança en essayant de regagner le terrain perdu, et, enfin, comme si la terre l'attirait, il se pencha en avant, jusqu'à ce qu'il abattre. Elle tournait toujours, en se tortillant, comme une chatte en chaleur. Ses bras se levèrent pour empêcher le camion de foncer vers lui. C'était un geste absurde. Il ne l'a pas empêché. Les roues ont écrasé ses pieds, ses jambes, son corps, sa tête...

Mayer ressentit une forte envie de vomir.

La caserne était derrière. Les scènes dantesques se succèdent sans interruption. Chaque mètre carré était le théâtre d'un drame.

Mais les camions, déjà lancés à toute vitesse, se précipitaient vers les barbelés.

Ils passèrent devant la caserne comptable.

C'est alors que Gelaute se précipita à la rencontre du camion.

« Duckstein ! rugit-il.

Il se mit à courir, se déphasant avec le camion. Les projecteurs de celui qu'il suivait l'éclairaient de côté.

« C'est Gelaute ! a crié Mayer en le pointant du doigt.

Duckstein a appuyé sur la pédale de frein. Le camion qui suivait a fait une embardée vers la droite dans une manœuvre violente et était sur le point de se renverser. Le prisonnier qui le conduisait jura alors qu'il tournait le volant pour reprendre le contrôle du véhicule.

Gelaute, sac d'argent à la main, courut vers le camion de Duckstein, qui avançait encore relativement lentement.

Gelaute le rattrapa.

« Duckstein ! hurla-t-il à nouveau.

Il s'élança en l'air, tentant de se rattraper dans un endroit sûr, de grimper à l'étrier. Mais l'homme qui était là a réagi violemment, lui donnant des coups de pied pour l'éviter. Gelaute détourna brusquement le visage, chancelant un instant. Il se reconstruisit et sans lâcher le sac qui contenait son trésor, il se lança à nouveau à l'attaque.

« Duckstein ! Il a encore crié. Cela semblait être le seul mot qu'il connaissait.

L'Allemand à l'étrier s'accrochait désespérément à la porte, tentant de l'atteindre d'un coup de pied.

« Sortez, sortez ! rugit-il. La sueur continuait de couler de tous les pores de sa peau, coulait sur son visage, trempait ses vêtements.

Mayer l'a attrapé par le cou, violemment.

« Faites-lui de la place ! Il hurla.

"Non non non! L'homme a répondu désespérément.

Duckstein aimait les méthodes plus rapides. Alors que Mayer le tenait par le cou, il l'a frappé au visage, sans quitter le volant. L'homme a résisté au coup et a donné un coup de pied à Gelaute, le renversant presque. Mais l'Allemand a suivi le camion encore quelques mètres, perdant un instant ses forces. Ils arrivèrent aux barbelés. Ils parcouraient les derniers mètres de terrain nu.

L'homme à l'étrier voulait lui porter le coup final. Son pied s'envola avec la dureté d'une catapulte. Mais il a raté et Gelaute l'a attrapé par le pantalon, tirant fort.

Dans le même temps, Duckstein a décoché un nouveau coup de poing au visage du prisonnier. Les forces l'ont soudainement abandonné. Mayer a eu une idée ; Il relâcha le loquet de la porte et poussa dehors.

Le prisonnier, se rendant compte qu'il allait tomber, essaya de se relever, s'accrochant à la première chose qu'il trouva. C'était le levier du camion à benne basculante. Alors qu'il s'y accrochait, le levier céda. Le camion à benne a commencé à monter. Gelaute tira plus fort.

« Putain... putain... » haleta-t-il.

Les cris des hommes dans la boîte ont été entendus avec toutes leurs larmes. La boîte commençait à s'élever par-dessus le dos. Ceux qui étaient à l'intérieur, quand le sol leur a fait défaut, se sont agrippés aux côtés. Certains ont glissé, entraînant les autres dans leur chute. Ils ont essayé de se baiser n'importe où; ses ongles se sont ébréchés alors qu'il grattait le fer.

Ils sont tombés un à un.

Duckstein a de nouveau frappé l'homme à l'étrier au visage.

Ce fut le coup final qui le fit perdre l'équilibre.

Gelaute s'écarta pour éviter d'être entraîné par la chute. L'homme est resté au sol, immobile, définitivement vaincu...

Après lui tous ceux qui avaient réussi à entrer dans la boîte sont tombés. Un par un, au fur et à mesure que le camion à benne se soulevait.

Duckstein lui tendit la main. Gelaute l'a emmenée. Il avait à peine la force de courir. Mais il a essayé, dans un effort désespéré, de sauter, et il a réussi. Duckstein tira fort et frappa l'étrier.

« Aidez-moi ! » crie.

Mayer, écrasant les deux filles, saisit Gelaute par les cheveux et l'entraîna dans la cabine...

Duckstein a fermé la porte.

À ce moment-là, le camion qui les précédait s'élança sur les barbelés qui protégeaient le portail. C'était la partie la plus faible du camp de concentration. Le reste des barbelés était protégé par d'épaisses poutres de béton enfoncées dans le sol, espacées de moins d'un demi-mètre les unes des autres, rendant la fuite presque impossible. Cependant, à la porte d'entrée, les poutres avaient été remplacées par un parcours de câbles à haute tension qui étaient surélevés, au besoin, pour céder le passage aux véhicules.

Le premier des camions a heurté le câble. Pendant un instant, il sembla qu'il n'allait pas y arriver. Les étincelles sont nées par centaines de milliers et l'un des pneus, incompréhensible, a explosé.

Mais à la fin, les câbles ont cédé.

Le chauffeur, saisi au volant, électrocuté, a perdu l'équilibre lorsque le camion s'est penché sur le côté droit. Puis il a dévalé une pente et s'est retrouvé enfoncé dans un arbre.

Derrière lui, le véhicule conduit par Duckstein franchit la barrière de la liberté.

Ce qui devait être une épopée tragique commençait. Trois hommes, deux femmes et une fortune en roubles. Plus qu'assez d'ingrédients pour que ses effets soient nocifs.

VIII

Le camp de Boringezov était situé dans une plaine, sur un massif montagneux. Treize ou quatorze kilomètres de courbes constantes, avec une route infernale, non goudronnée, séparaient les hauteurs de la plaine. La route mouillée était glissante.

La descente était intimidante. Les quatre camions de dix tonnes descendaient à toute vitesse. Ses roues grinçaient à chaque virage. Les phares, tournants, caressaient les pentes de la montagne. Parfois, ils se perdaient dans l'infini pour trouver immédiatement leur chemin.

L'un des véhicules a déraillé dans un virage et son conducteur n'a pas pu rectifier le tir à temps. Une nouvelle courbe apparut devant lui. Et après la courbe, la baisse et le vide.

Il a longé le bord de la route, les roues ont dérapé. Sur quelques mètres, il franchit la limite de droite, et enfin, sans maîtriser le camion, il dévala le ravin. Les portes se sont ouvertes violemment et deux hommes ont sauté juste au moment où il commençait à se précipiter. Ceux qui étaient dans la caisse du camion ont réalisé ce qui se passait quand il était trop tard. Au premier coup, plusieurs d'entre eux furent projetés, s'écrasant contre les rochers. Certains sont tombés dans des buissons et se sont retournés sur eux-mêmes... D'autres ont saisi de toutes leurs forces la première poignée qu'ils ont trouvée et ont continué dans le camion, en tombant, jusqu'à ce que le véhicule heurte latéralement un arbre épais, s'est penché sur son côté droit et a fini de se renverser. Ces misérables n'allaient jamais savoir ce qui s'était passé. Tout s'est passé dans l'obscurité. Le camion les a écrasés, a tangué plusieurs autres et a fini par prendre feu.

Pendant ce temps, les fuyards continuaient leur marche...

Duckstein, les mains crispées sur le volant, murmura :

"Voir.

Sa tête indiquait, légèrement, la lueur du camion en feu.

Ses compagnons contemplaient le feu de joie. Alors qu'ils contournaient une courbe, il disparut de la vue. Bientôt, il est réapparu. Ils descendaient, s'approchant du feu. Soudain, Duckstein a appuyé sur le frein à pied. Gelaute heurta le pare-brise et jura.

"Un pneu..." murmura Mayer. En effet, l'une des roues du camion aggloméré se trouvait au centre de la route. Ils comprirent que ces misérables, en tombant, avaient traversé la route.

Mayer a pris la main de Sinii.

"Tout ira bien..." murmura-t-il.

Gelaute les regarda. Puis il regarda Ursula. L'infirmière le regardait aussi. Il était surpris de voir la beauté dans ces yeux. Ils étaient bleus, ils ressemblaient à des yeux sincères. Son teint pâle mettait en valeur la beauté de ses yeux. Gelaute pensait que les femmes étaient encore belles. La guerre n'avait pas réussi à mettre fin à la beauté des femmes.

— J'espère, murmura Gelaute.

« Quoi ? demanda Ursula.

"Espérons que tout se passe bien...

Ils se turent à nouveau. Duckstein conduisait prudemment. Tous ses muscles sont restés tendus. Les yeux fixés sur la route glissante. Dans certains coins, la boue s'est accumulée. Les jours bruts étaient de retour. En octobre, il pleuvait tous les soirs. L'humidité était si inerte que la boue ne se desséchait pas. L'hiver russe commençait.

Parfois, au reflet dans le rétroviseur, il devinait la présence des autres camions derrière eux. Il ne put s'empêcher, à une époque où la route était encore droite, de regarder le sommet de la montagne, où était installé le camp de concentration.

Il n'a vu que la lueur du feu.

Il pensait que depuis la tour de commandement, ils auraient télégraphiquement averti de ce qui s'était passé. Peut-être avaient-ils aussi tiré la sonnette d'alarme au sujet des camions en fuite...

"Cette chose doit être abandonnée dès que possible," bafouilla-t-il.

Gelaute ne cessait de regarder Ursula. Cela lui semblait un rêve que les femmes existent toujours, soient toujours belles. Les longs mois de captivité lui firent croire que tout ce qui signifiait plaisir était aboli. Et c'était un plaisir de regarder une femme comme ça. Sinii, avec la cicatrice sur sa joue, avec ses cheveux rasés, naissants, était différente. Mais rsula... rsula a gardé ses cheveux bruns.

Mayer avait celui de Sinii dans ses mains.

« Pourquoi ? murmura-t-il.

« Ils viendront nous chercher... S'ils nous arrêtent en chemin, ils verront que nous sommes prisonniers...

"Nous nous défendrons", a marmonné Mayer.

« Pour mourir, il n'était pas nécessaire de quitter le terrain. Nous y avons vécu, même si c'était comme des chiens... Si nous fuyons, c'est pour sauver notre peau. Et si nous continuons dans ce tas nous nous exposons à laisser nos vies dans cette cabane.

"Nous devons continuer", a commenté Mayer.

« Oui, mais avec un minimum de sécurité pour arriver au front. Une fois là-bas, tout sera plus facile. Et nous avons une centaine de kilomètres à parcourir.

"Peut-être moins.

« Nous n'y sommes pas parvenus, Mayer... Nous n'avons pas assez d'essence.

— Nous achèterons, murmura Gelaute.

« Acheter ?... Envisagez-vous de payer avec des mots, avec de l'air, avec une poignée d'argile ?

Gelaute secoua la tête.

— Avec des roubles, murmura-t-il. Et tout en parlant, il plongea la main dans sa poche et en sortit une pile de billets russes.

Duckstein le regarda une seconde. L'intérieur de la cabine était sombre, mais les factures étaient visibles dans la main de l'Allemand.

Sinii fut le premier à réagir.

"Ce sont des roubles..." murmura-t-il.

Gelaute hocha la tête.

"D'où...? Mayer a commencé à demander.

« J'en ai plus, beaucoup plus... Je ne sais pas combien. Peut-être un million, peut-être la moitié... Ils sont là. « Il tapota le sac en cuir.

Duckstein a compris ce qui s'est passé.

« De la boîte du camp ? "Je demande.

« Oui... Ça avait mauvais goût pour moi. Je suis allé chercher le salaire qu'ils nous devaient, les centaines d'heures que nous avons travaillées gratuitement pour eux », a-t-il commenté avec un sourire triste. Je pense que cela nous permettra de nous échapper plus facilement.

"On peut acheter de l'essence...", a commenté Gelaute.

« Habillé comme ça ? s'enquit Duckstein en levant le bras et en montrant l'uniforme grossièrement vêtu qu'ils portaient dans le camp de concentration. Dès que nous quitterons le camion, ils nous mitrailleront... ». Nous sommes dans une région dangereuse, pleine de le front est proche...

"Nous pouvons acheter des vêtements" murmura rsula.

« En civil... ? Et continuer avec un camion militaire ? » a commenté Duckstein. Non, pas ça, c'est impossible.

« Alors... Alors ce sera facile pour nous de trouver cinq uniformes russes... Il y a beaucoup de Russes par ici. Nous pouvons les traquer », a laissé entendre Gelaute. Et puis, on continue avec, ceci, camion, ou autre qu'on vole... ou à pied. Mais nous devons atteindre les lignes allemandes.

« Nous devons y arriver », répéta Duckstein comme un triste écho. « Marta m'attend.

Soudain, le souvenir de sa femme l'assaille. Il regarda Sinii, un instant, et Ursula, un autre instant. Il les compara à elle, à Marta. Que serait-il advenu de sa femme pendant ces longs mois pendant lesquels il n'a pas pu communiquer avec elle ? J'espérais qu'il allait bien.

Mais il ignorait la vérité. Marta, avait péri dans un bombardement. C'était une nuit comme les autres, avec un ciel de plomb, avec des nuages qui obscurcissaient l'éclat de la lune. Les bombardiers lourds ont survolé l'Allemagne à la recherche de cibles. Les usines ont été détruites une à une, des nœuds vitaux ont été brisés, des gares ont coulé... Et aussi des blocs de maisons, entraînant dans leur chute des dizaines de familles qui n'avaient pas eu le temps de courir vers le refuge le plus proche. C'est ainsi que la femme de Duckstein, Marta, est décédée, d'une manière stupide et absurde, comme le sont tous les décès en temps de guerre.

Ils atteignirent la base de la chaîne de montagnes. Au sommet, les lumières des feux brillaient toujours. La vengeance, l'extermination continuaient à se dérouler dans le camp de Boringezov.

Duckstein, sans réfléchir, a tourné vers le sud sur l'autoroute. Il savait qu'il y avait un tel détour à quelques kilomètres de là qui menait à l'ouest, vers le nouveau front.

Il a appuyé sur le gaz. Le camion roulait à plein régime. Il roulait à soixante-dix kilomètres à l'heure.

Tout le monde était silencieux, pensant. Un souhait est apparu dans leur cerveau, mais ils l'ont tous rejeté comme impossible. Peut-être que si rien ne se passait, ils pourraient arriver avec quelques heures au front... Mais il était absurde de s'attendre à ce que cela se produise. Les Russes seraient au courant de ce qui s'est passé dans le camp de Boringezov. Ils portaient des costumes de prisonniers de guerre.

"Nous devons nous débarrasser de cette chose dès que possible", a chuchoté Duckstein.

"Oui.

Ils pensaient tous la même chose. La voix de Gelaute était la seule dissonante.

« Attendons, » bredouilla-t-il.

"À quoi?

« Encore quelques kilomètres... Peut-être quand nous trouverons une ferme... Quand nous arriverons dans un lieu habité... Les roubles nous faciliteront beaucoup de choses...

Ils atteignirent l'embranchement. Duckstein lui a présenté le camion.

"Il pleut", a marmonné Mayer à l'époque.

Sinii le corrigea.

« Il neige, dit-il. Sa voix était douce comme un murmure.

En effet. Lents, de minuscules flocons de neige commençaient à tomber. C'était la première neige de cet hiver. Duckstein a appuyé sur le bouton qui a démarré les pare-brise.

Il a essayé plusieurs fois.

"Ça ne marche pas", murmura-t-il, déjà convaincu de l'inanité de ses efforts.

La neige s'accumulait sur la vitre. Il a dû arrêter le camion et le nettoyer. Ils ont recommencé à marcher. Le vent soufflait de plus en plus fort et les flocons prenaient de la consistance. Ils s'entassaient rapidement sur la vitre. Un demi-kilomètre plus tard, ils se sont à nouveau arrêtés pour le nettoyer à nouveau. Le froid se faisait de plus en plus sentir.

— Il doit être midi, marmonna Mayer. Douze seulement. Ce fut une éternité avant que la lumière du jour n'apparaisse. Et ils avaient cette éternité, ces heures pour arriver, quoi que ce soit, aux lignes allemandes. A la liberté.

Ils ont recommencé à marcher. Les phares de la voiture marquaient l'espace devant eux. On pouvait voir dans ses rayons la danse des flocons de neige, apportés et emportés, en un tas confus, par des rafales de vent.

Ils avançaient lentement. Le sol était couvert de neige, devenant d'un blanc uniforme.

Ils devaient s'arrêter fréquemment pour nettoyer le pare-brise.

Gelaute contemplait, de temps en temps, son sac de cuir. Il était riche. Il était millionnaire. En roubles, mais millionnaire. Il retirerait beaucoup de ces roubles.

Il regarda Ursula. Il la surprit en train de le regarder et elle rougit.

« Allemand ? Demanda-t-il. Et instantanément, il réalisa que sa question était stupide.

« Oui... je suis tombé quand nous attaquions Stalingrad. Dans un hôpital de première ligne.

« Et vous ? Il a demandé à Sinii.

« Russe... Du Nord, avec la frontière finlandaise.

« Vous parlez bien l'allemand.

« Mes parents étaient allemands. Étudiaient...

Un ordre de Duckstein la fit taire.

"Tais-toi," murmura-t-il. Ses yeux regardaient à travers le pare-brise brumeux. Une seconde plus tard, il ajoutait : « Les Russes.

Les mains de Mayer se serrèrent sur la mitraillette. Gelaute ne put s'empêcher d'un geste réflexe de caresser le sac de roubles. Sinii posa sa main sur l'avant-bras de Mayer.

C'est Gelaute qui a parlé le premier :

"Nos uniformes" disait :

En effet, les projecteurs éclairaient un carrefour routier. Il y avait un groupe de soldats russes, et derrière eux, une voiture blindée. Ils portaient de longs manteaux rembourrés, des casquettes épaisses avec des oreillettes en fourrure noire leur couvraient la tête. Ils avaient les pistolets-mitrailleurs suspendus à leur cou, suspendus à leur poitrine. Un léger geste leur a suffi pour les saisir.

Duckstein a ralenti jusqu'à ce qu'il soit à moins de cinquante mètres.

"Préparez-vous..." et ajouta " : Sinii, vous parlez russe... Dites n'importe quoi, divertissez-les dans un premier temps.

« Mais... qu'est-ce que j'ai à dire ?

"Quoi que vous vouliez, c'est pareil... Gelaute, Mayer... Quand nous les aurons bien éclairés, vous les achèverez...

"Oui.

Ils étaient déjà à moins de trente mètres. Ils les voyaient parfaitement. L'un des Russes a saisi la mitraillette de la main gauche et a levé la droite en signe d'arrêt, Duckstein ralentissant encore plus. Les fenêtres à moitié couvertes de neige les empêchaient de deviner ce qui allait se passer.

Un autre Russe a quitté le centre de la route. La lumière du camion en a éclairé quatre autres. Six hommes. Six uniformes. Et une voiture blindée russe. Tout a bien commencé. Peut-être qu'il reverrait Marta, pensa Duckstein.

Sinii passa la tête par la fenêtre.

"Camarades...! cria-t-il en russe.

Le camion s'est arrêté.

L'un des Russes s'est approché d'eux. Il a dit quelque chose qu'ils n'ont pas compris. Il était, carrément, dans les faisceaux de lumière du camion.

"Maintenant..." siffla Duckstein.

Ensuite, les pare-brise ont été soufflés. Et un dixième de seconde plus tôt, les mitraillettes allemandes avaient craqué.

Le Russe qui se dirigeait vers eux partit en reculant, comme si une force mystérieuse le poussait au sol. Les autres Russes ont tenté de lancer un mouvement de protection, mais ont été en retard.

Gelaute et Mayer tirèrent froidement.

Ils les virent tomber fracassés, touchés au visage... Du sang éclaboussa la neige, la tachant de rose. Les armes lui glissèrent des mains.

Sinii avait caché son visage dans ses mains.

"C'est un meurtre..." haleta-t-il.

« C'est la guerre, Sinii.

Donc c'était ça. La guerre, avec sa dureté, avec son impiété, avec sa sauvagerie, avec la primauté du droit du plus fort...

Les Russes sont morts pour que ces fugitifs allemands puissent continuer leur chemin vers la liberté. Une liberté qui était proche et qui le serait encore plus avec la voiture blindée des Russes.

Ce véhicule devait être sa grande chance.

IX

Ils ont sauté du camion et se sont dirigés vers les corps des Russes. L'un d'eux n'était pas encore mort, Gelaute regarda Mayer. Il comprit ce que signifiait ce regard et se tourna, l'évitant. Il regarda ensuite Duckstein. Il soutint son regard.

« Toujours en vie... » murmura Gelaute en désignant un Russe ensanglanté.

"Tuez-le," répondit laconiquement Duckstein. Et sur le coup, comme s'il le regrettait, il ajouta " : Ou le laisser en vie... Fais ce que tu veux...

Gelaute visa la tête de l'homme. Mais avant que son doigt ne bouge sur la détente, Ursula fit un pas vers lui.

"S'il te plaît..." murmura-t-il. Son visage était étrangement pâle. Malgré l'obscurité, on pouvait voir le ton jaunâtre qui le colorait.

Gelaute la regarda. Puis il retira sa main du mécanisme de mise à feu.

— Ce sera pour le mieux, murmura-t-il.

Les cinq autres soldats, tués, ont été déshabillés.

Duckstein est venu avec une brassée de vêtements.

« Tiens, habille-toi » dit-il aux deux femmes. « Je pense que vous ferez bien... L'un des uniformes est taché de sang, mais vous pouvez à peine le voir. De plus, avec le manteau, vous ne verrez rien.

Il a remis les vêtements. Tout rembourré, de qualité inférieure, mais adapté au climat.

Ursula et Sinii se sont débarrassés de leurs vêtements et ont enfilé leur pantalon de guerrier plat. Ils se sont recouverts de masques de ski. Les cheveux d'Úrsula ont disparu à l'intérieur du bonnet épais. Ils ont baissé les cache-oreilles, les refermant sous leur menton.

Duckstein revint avec deux paires de bottes.

"Essayez-les" leur dit-il. Puis il les fixa pendant une seconde et ne put contenir un sifflement de satisfaction. " Tu ressembles à des soldats

" commenta-t-il. Surtout toi, Sinii... Tu ressembles à un de ces foutus Mongols...

Ils ont mis leurs bottes. Ils étaient trop gros pour Sinii, mais elle pouvait les porter. Ils vont bien à Ursula.

Pendant ce temps, les trois Allemands s'étaient mis à revêtir leurs uniformes russes et habillaient, avec des vêtements de prisonniers, les cinq cadavres soviétiques.

Gelaute bourra les poches de sa tunique de roubles. Puis il boutonna la doudoune. Une mitraillette russe était accrochée à son cou.

"Parfait déguisement" commenta-t-il. Qu'ils mettent Staline devant moi et je le saluerai du poing levé...

Il est allé à la voiture blindée, mais pas avant d'avoir pris le sac d'argent, "son argent".

Duckstein se dirigea vers le camion lourd qui était jusque-là le véhicule de la liberté.

— Allez à la voiture, murmura-t-il aux deux femmes. Et puis, regardant Sinii, elle ajouta " : N'aie pas peur, tout ira bien, petite fille...

Il monta dans le cockpit, démarra le moteur et se dirigea vers l'endroit où les Russes gisaient dans leurs vêtements de prisonnier. Le camion a quitté la route, s'est écrasé contre un arbre et s'est déséquilibré. Il sortit de la cabine haute, ramassa l'un des morts et le plaça à peine sur le siège du conducteur. Ce cadavre avait le front brisé. On aurait dit qu'il était mort les mains sur le volant.

Il neigeait encore. Il a couru vers la voiture blindée. Ses quatre compagnons étaient déjà installés, les armes russes entre les jambes. Personne n'aurait soupçonné qu'ils étaient des fugitifs allemands.

"Ça va," marmonna Duckstein. Je suppose que quand nous arriverons à nos lignes, ils nous donneront une semaine de congé... Et puis je pourrai voir Marta.

— Peut-être, bredouilla Gelaute.

Le moteur ronflait à nouveau. Des rayons de lumière déchirent l'obscurité, éclairant un cercle à l'intérieur duquel des flocons tombaient. Ils manœuvrèrent difficilement, pour finalement quitter le passage à niveau. Derrière eux, ils ont laissé six morts et un indice. Un indice qu'il en faudrait bien peu aux Russes pour qualifier de faux. Mais ce "très peu" était plus que suffisant pour atteindre les tranchées allemandes.

Ils roulaient sur la route au milieu d'une tempête de neige. La tempête s'est aggravée avec le temps. Les flocons s'écrasaient furieusement, poussés par des rafales de vent, contre le pare-brise. L'aiguille d'essuie-glace se déplaçait avec une difficulté croissante, nettoyant un espace minimal. Ils s'arrêtèrent pour pelleter la neige sur le verre et se mirent en route.

Quelle heure sera-t-il ? Mayer marmonna.

"Un... Peut-être un peu moins" répondit Gelaute.

"Nous y arriverons avant l'aube... Il faut y arriver, sinon..." ajouta Duckstein.

« Avec cette tempête... je vois ça difficile.

Ursula et Sinii regardaient les hommes. Sa vie était liée à la leur... Soit ils sauvaient leur peau, soit ils mouraient tous ensemble.

« Le front sera à environ soixante-dix kilomètres... Nous allons vers lui depuis longtemps.

"Mais nous allons lentement", a commenté Duckstein.

C'était vrai. Les roues de la voiture s'enfonçaient dans la neige, rendant la progression difficile. La route devenait de plus en plus impraticable.

"Nous aurions besoin de chaînes... De cette façon, nous ne pouvons pas avancer et nous resterons coincés", a-t-il ajouté.

— Nous n'avons pas compté sur la neige, murmura Gelaute. Mais nous pouvons acheter les chaînes... Nous avons assez d'argent.

« Et où les achetons-nous ?

« Peut-être qu'ils en ont dans une ville ou dans n'importe quelle ferme que nous pouvons trouver. Je pense que cette région est riche et certains ont des tracteurs... Espérons que...

Mayer l'a coupé.

« Ou peut-être que ces paysans ont une chaîne et nous pouvons nous en tirer.

"Pour essayer, il faut" se rendre dans une ferme... Je vois ça difficile.

Comme si la voiture voulait être d'accord avec Duckstein, à ce moment-là elle s'échoua, s'arrêtant net. Tous les trois jura, le moteur ronflait, quelques secondes incertaines passèrent, et enfin ils redémarrèrent.

"Maintenant, nous avons réussi à nous sortir du pétrin, mais la prochaine fois...

Duckstein semblait être l'oiseau maudit du groupe. Mais il ne mentait pas vraiment.

« Nous avons besoin des chaînes. Dès que possible", a-t-il ajouté.

Personne n'a répondu. Quinze minutes de plus s'écoulèrent. Des flocons de neige heurtèrent la vitre, faisant un bruit sourd. Le vent sifflant filtrait à travers les fissures de la voiture.

Soudain, Mayer posa sa main sur l'avant-bras de Duckstein.

« Pour ! » lui ordonna-t-il.

Il l'a fait par réflexe.

"Ce qui se produit ?

"Une lumière... A droite, maintenant on ne la voit pas... Regardez !

Pendant un instant, une petite lumière brilla. Il semblait bouger, scintiller. C'était à peine perceptible.

— Soit c'est trop loin, soit c'est trop faible, marmonna Gelaute.

« Ce doit être une maison, une ferme... Vous vous souvenez quand nous étions à Etchenko ? Là, les paysans avaient des icônes dans des urnes en verre sur la façade de leurs fermes, et ils allumaient des bougies les nuits d'orage pour que la tempête respecte les récoltes.

"Oui... j'ai volé une de ces icônes" commenta Gelaute en souriant légèrement.

"C'est une ferme, bien sûr... Peut-être qu'ils ont des chaînes", a ajouté Mayer.

"Nous allons essayer," murmura Duckstein.

Il manœuvra durement et se dirigea vers la ferme. Il a quitté la route et est entré dans un champ. La neige recouvrait le sol et la différence était à peine perceptible visuellement. La voiture était cahoteuse, a fait une embardée, mais a continué à rouler. Bientôt les faisceaux de lumière révélèrent la façade de la ferme.

Et devant sa porte, à moitié enneigée, une voiture russe.

"N'y allons pas" murmura Sinii en réalisant.

Mais les trois Allemands étaient prêts à passer à autre chose, car cette voiture montrait ses roues avec des chaînes. Le saisir était le seul espoir. Au fil du temps, certaines possibilités ont disparu et d'autres sont nées.

Ils ont arrêté leur véhicule.

« Allez ! ordonna Duckstein.

C'est alors, alors qu'ils quittaient leur voiture, que le portail de la ferme s'ouvrit et qu'une femme apparut en courant devant eux. C'était la dernière ante du drame qui venait de commencer dans la maison.

Et derrière elle, des hommes en uniforme soviétique.

* * *

Les quatre officiers sont arrivés à la ferme d'Ilvitch avec un but précis : Ilia.

Le vieil Ilvitch a compris ce qu'ils voulaient, mais s'est retenu. Il leur fit place, ne put refuser, et donna des coups de pied à ses deux chiens qui aboyaient en regardant d'un air soupçonneux les nouveaux arrivants. Les chiens se turent, se retirant dans un coin, la queue entre les jambes.

Le vieil Ilvitch regarda la graduation des arrivées. L'un était commandant, deux capitaines et le quatrième lieutenant.

"Comment puis-je vous aider ? Il murmura.

« Où est votre fille ? », ont-ils demandé. C'étaient des hommes d'action directe, qui n'aimaient pas perdre leur temps.

« Ma fille n'est pas là, camarades... Comment puis-je vous aider ? Il a insisté.

Le lieutenant l'a giflé et s'est dirigé à l'intérieur de la maison. Les chiens aboyèrent à nouveau et reçurent un autre coup de pied. Cela les a rendu furieux et ils se sont jetés sur le lieutenant, essayant de le mordre. L'un des capitaines a sorti son pistolet et a tiré quatre fois sur les animaux. Ils sont restés au sol, ensanglantés, immobiles, morts.

Les plans ont fait naître l'écho d'une voix féminine.

« Papa... ! Qu'est-ce qui t'est arrivé ?

Une fille d'une beauté singulière apparut sur le palier de l'escalier qui menait à l'étage de la maison.

« Va-t'en, Ilia, va-t'en !! cria le paysan.

Mais l'avertissement est arrivé tardivement. Les quatre officiers russes se sont précipités dans les escaliers, à la poursuite de la jeune fille. Le vieil homme tenta d'attraper le pied du dernier. Il réussit et le fit rouler par terre. Mais l'officier remua de fureur et fracassa sa botte au visage du paysan, qui fut projeté en arrière, s'écrasant contre le mur et s'effondrant sur le sol.

"Papa !" cria encore Ilia.

Abasourdie, elle fixa les étrangers. Et finalement, au dernier moment, il a réagi. Il a couru dans la maison en fermant la porte. Le commandant, qui était devant, s'est écrasé contre la porte. Il recula, se jeta à nouveau sur elle, prêt à la couler, mais échoua. Ils joignirent à lui les efforts des deux capitaines et réussirent.

Les chambres à l'étage étaient sombres.

Le bruit d'un meuble les guidait. Ils y ont couru. Ils devenaient presque aveugles.

Il la dépassa, courant Ilia. Ils se sont précipités comme des bêtes en cage et étaient sur le point de la traquer. L'un des capitaines a réussi à l'attraper par ses vêtements. Mais la robe était déchirée.

Le bruit de ses vêtements qui se déchirent et de ses pieds courant dans sa fuite enflamma encore plus les quatre hommes. Ils la suivaient en hurlant comme ce qu'ils étaient, des bêtes en chaleur.

Elle descendit l'échelle, se tordit le pied, était sur le point de tomber, sauta par-dessus le corps inconscient de son père... Tout se passait à une vitesse vertigineuse, sans le temps de réfléchir.

Il est allé à la porte. Il ne savait pas ce qu'il ferait dehors. La tempête battait son plein et il n'y avait aucune chance qu'elle s'atténue.

Il l'ouvrit et sortit en courant. Je n'ai rien vu. Seulement deux points lumineux. Et de la neige, beaucoup de neige, une neige à laquelle elle était habituée.

Il courut vers les points lumineux.

"Descendez!

Instinctivement, il obéit. La voix de cette femme lui a donné confiance. Il s'est effondré sur le sol. Et instantanément, le cliquetis d'une mitraillette a surmonté le bruit de l'orage.

Les quatre officiers, inconscients de ce qui allait se passer, se sont précipités après elle. Aussi, lorsqu'ils ont marché sur le seuil de la porte, ils ont remarqué la présence de deux points lumineux. Mais aucun d'entre eux n'a pensé à la possibilité que ce soient les Allemands qui étaient après eux.

Lorsque les armes ont grondé, il était trop tard pour l'éviter.

Le premier à tomber fut l'un des capitaines... Il se recroquevilla comme une balle et roula sur le sol. Aussitôt le lieutenant sauta sur le côté. Mais pas par sa propre volonté, mais poussé par l'impact d'un projectile.

L'autre capitaine sentit une série de projectiles lui transpercer la poitrine. Il leva les bras et se tint sur la croix. Ce fut son dernier geste, car la mort vint aussitôt à sa rencontre. Pendant quelques dixièmes de seconde, peut-être une seconde, il était immobile, rigide. Puis... puis il s'est effondré mort, mort.

Un seul des quatre a réussi à lui sauver la vie. Il fut le dernier à apparaître dans l'embrasure de la porte, le commandant. Il courait, il ne pouvait pas reculer, mais il pouvait s'effondrer au sol. Les phares de la voiture l'éclairaient.

"Ne tirez pas," marmonna Duckstein. C'est un commandant... », a-t-il ajouté.

Donc c'était ça. Leurs insignes étaient visibles. La neige rendait la vue difficile, mais ils remarquèrent la remise des diplômes.

Le commandant a été écrasé au sol.

Les Allemands s'avancèrent lentement vers lui, le visant.

"Sinii... Allez, que vas-tu faire en tant qu'interprète ?" Mayer marmonna.

La voix du commandant répondit sereinement :

« Ce n'est pas nécessaire... je parle allemand...

" Magnifique ! " s'exclama Gelaute. " Lève-toi, cochon !

Il obéit lentement. Ilia se leva aussi.

"Merci," murmura-t-il en russe. Ils ne l'ont pas compris, mais ils ont compris.

« Y a-t-il quelqu'un d'autre, commandant ? demanda Duckstein.

« Le père de cette femme », répondit-il.

Sinii a posé la même question, en russe, à Ilia, et elle a répondu la même chose.

« Est-ce votre voiture ? demanda Mayer en désignant celui qui portait les chaînes.

"Oui.

« Est-ce que le front est loin ?

« Soixante-dix kilomètres.

« Voulez-vous y aller, commandant ? Gelaute ironique.

« Je suis là... Et je serai de retour ce soir.

« Bien sûr, mon cher commandant. De cela, je n'ai aucun doute. Il reviendra... accompagné de nous. Je suppose que vous avez une carte de libre circulation.

"Oui. A mon nom.

« Eh bien, nous allons l'étendre au nôtre... Un commandant et cinq soldats... Allez, commandant... Oubliez la fille et réfléchissez au chemin qui nous attend.

Ils l'ont poussé en lui clouant le canon de la mitraillette dans le dos.

Ilia les suivit jusqu'à la voiture en murmurant des mots de remerciement.

Il a embrassé les mains des cinq, et quand le moteur a commencé à ronfler, il a craché au visage du commandant.

"Je reviens," murmura calmement l'officier russe en essuyant sa salive, la regardant ironiquement.

« Vous pensez que oui ? lui a demandé Mayer en souriant.

Le Russe ne répondit pas. Il haussa simplement les épaules, un geste indifférent qui pouvait signifier beaucoup de choses. Ou rien.

X

Les roues collaient au sol. L'effet des chaînes était perceptible. La neige continue de tomber, entretenant la violence de la tempête, mais cela ne semble pas trop inquiéter les Allemands.

Il ne semblait pas non plus se soucier de ce qui arrivait au commandant russe. C'était un homme d'un sang-froid impressionnant, d'un calme presque incroyable, qui se comportait comme s'il était dans un club d'officiers.

Il sortit un paquet de tabac, sortit une cigarette, la porta à ses lèvres et l'alluma. Le tout en silence, sans faire le geste d'inviter les autres. Gelaute regarda la fumée de cigarette. Il regarda les spirales grises, les rouleaux vaporeux.

"Le paquet... Allez, lâche-le..." murmura-t-il.

Et sans attendre que le commandant le lui remette, il fouilla dans la poche du guerrier, l'attrapant.

Il la contempla un instant.

« Américains », a commenté Gelaute.

« Quoi ? murmura Mayer, ne comprenant pas le vrai sens du mot.

« Les cigarettes sont américaines... N'y a-t-il pas de bon tabac russe ? Il a demandé au commandant.

"Non. Ou du moins je ne l'aime pas... Essayez-le. Je suppose qu'ils n'auront pas de tabac américain en Allemagne. Fumez et voyez comment vous l'aimez... Et si vous fumez beaucoup, vous pouvez peut-être finir le emballer avant de mourir.

Il prononça les derniers mots avec un accent doux, esquissant un sourire étrange, comme s'il offrait son adresse.

Mayer sentit la main de Sinii se resserrer sur la sienne.

"N'aie pas peur..." murmura-t-il.

Le Russe était assis sur le siège à côté du conducteur, tourna la tête et fixa Mayer. Il a vu sa mitraillette posée sur ses genoux, la pointant sur lui. Il suffisait à Mayer d'appuyer sur la détente, pour qu'une rafale de projectiles jaillisse du canon rond et noir de l'arme. Le Russe semblait l'ignorer.

— J'aurais peur, camarade, dit-il en russe en regardant Sinii. Aucun de ces trois hommes ne verra le soleil demain.

"Tais-toi ! Duckstein lui a ordonné. Cela le rendait nerveux d'entendre une langue qu'il ne comprenait pas.

"Qu'avez-vous dit? Mayer a demandé à Sinii.

« Que nous mourrons.

"Exactement... J'ai utilisé plus de mots, mais, finalement, c'est ce que j'ai dit", a-t-il expliqué, s'exprimant désormais en allemand.

"Tais-toi ! Gelaute lui ordonna.

« Pourquoi ?... Plus rien n'a d'importance... Nous approchons du front. Dans trente ou quarante kilomètres nous serons aux avant-postes. Pensez-vous honnêtement que vous pouvez vous enfuir? ... Non, non, sors-le de ta tête. C'est impossible, absolument impossible...

« Alors je quittais Boringezov et nous sommes ici.

« Ah !... Oui, j'ai dû l'imaginer. J'avoue que je n'avais pas pensé à la possibilité qu'ils soient des fugitifs du camp de concentration. Je pensais que c'était une brigade suicide allemande ou quelque chose comme ça... Savez-vous que les dernières nouvelles que j'ai reçues du camp indiquaient que la révolte avait été écrasée ? Je pense que la population carcérale a diminué de soixante-dix pour cent.

"Peu importe," marmonna Duckstein. Nous voulons juste aller au devant. Et c'est vous qui nous aiderez à le faire... Sinon...

Il n'a pas fini la phrase.

Et le plus surprenant, c'est que le Russe, au lieu de reculer, lui demanda d'un air de défi :

« Sinon... quoi ?...

« Nous allons le tuer.

Il tourna la tête et regarda Mayer, qui était celui qui avait parlé. Il l'étudia un instant. Il ne lui a rien demandé, mais il suffisait de voir les yeux de Mayer pour comprendre qu'il était sérieux. D'autre part, que valait sa vie pour certains fugitifs de Boringezov ? La réponse était simple : aucun.

Ils restèrent silencieux pendant quelques kilomètres, jusqu'à ce qu'ils voient devant eux, une compagnie blindée.

Duckstein ralentit.

« Qu'est-ce qu'on fait ? » je demande.

« Ils se rendent compte ? » murmura le commandant russe. « Il me suffirait de crier, il me suffirait de les avertir de ce qui se passe, car...

"Fais-le," le coupa Duckstein. Et au même moment Gelaute disait aussi :

"Essayez-le si vous l'osez.

Le Russe secoua la tête, niant.

"Non, je n'ose pas..." sourit-il. J'aime trop la vie. Et les femmes, de tout risquer bêtement... "et changer de ton, a-t-il ajouté" : quand je n'ai aucune chance de gagner.

« Écoutez une chose... Nous sommes prêts à atteindre nos lignes, mais si nous ne pouvons pas, alors n'hésitez pas, nous commencerons par un tir propre.

Et le premier à tomber sera vous.

Le Russe regarda Gelaute, qui était celui qui parlait.

"Je ferais la même chose dans ton cas," murmura-t-il.

La réponse les a mis mal à l'aise. Ils commencèrent à se douter qu'ils faisaient face à un fanatique, face à un fou incroyablement serein.

« Continuez, sans crainte », indiqua Mayer à Duckstein, tout en appuyant négligemment, ou feignant l'imprudence, le canon de son arme sur le dos du Russe. S'il parle "il a dit", je le perce.

«Je ne serai pas un tel idiot. j'aime la vie; J'aime les femmes "il a regardé Ursula." Et j'aime l'argent", a-t-il ajouté en regardant Gelaute, ou, plutôt que l'Allemand, le sac marron qu'il avait entre les jambes, par terre.

Le convoi russe commença à monter. Des dizaines de camions lourds, comme ceux qu'ils utilisaient pour fuir Boringezov, emmenaient des centaines de soldats à l'abattoir du front. Chaque camion traînait des masses combattantes.

Le commandant russe a rendu le salut à plusieurs qui ont remis leur bassin de remise des diplômes, en le saluant.

Sur quelques kilomètres, ils avancèrent aux côtés du convoi. Puis ils l'ont finalement tracé. Ils se sont tous calmés à nouveau.

Ursula soupira. Le Russe, souriant, la regarda.

« Avez-vous eu peur ?... Il n'y avait rien à craindre. Je t'ai déjà dit que j'aime vivre... les femmes..." et il se lécha les lèvres, comme s'il léchait un bonbon invisible.

"Et l'argent..." conclut Gelaute...

« Oui, exactement... Beaucoup d'argent...

Les yeux du Russe se fixèrent de nouveau et seulement un instant sur le sac de cuir. Gelaute réalisa qu'il n'avait pas réalisé l'origine et le contenu de ce sac.

"Entendez quelque chose ..." Gelau a commencé à diretet.

PetRo Duckstein l'interrompit.

« Une voiture de police ! s'est-il exclamé.

En effet, au centre de la route, à moins d'une centaine de mètres, une patrouille pouvait être aperçue. Les phares d'une voiture les éclairaient, les rendant visibles.

"Allez, allez... Ne vous arrêtez pas, ne vous arrêtez pas..." bafouilla Mayer.

"Ne sois pas stupide..." dit le Russe. Ne comprennent-ils pas que s'ils n'arrêtent pas, ils vont nous remplir de plomb ? Je sais comment les ordres sont donnés et exécutés dans l'armée russe, et je ne veux pas que mes propres soldats me remplissent de plomb... Arrêtez. J'ai une carte de libre circulation. Nous sortirons à coup sûr.

« Qu'est-ce que vous essayez ? demanda Duckstein.

"Le premier à..." commença à dire Gelaute.

Le Russe fit un geste de lassitude en commentant :

« Oui, oui, je sais... Le premier à mourir sera moi. Mais ne vous inquiétez pas ; Je suis très intéressé à continuer à vivre... Arrêtez-vous quand nous atteignons votre taille.

Les Allemands se regardèrent. Mayer a regardé Sinii et Gelaute à Ursula.

Duckstein a freiné. Les Russes avaient levé les bras, les croisant en l'air, leur faisant signe de s'arrêter. Quand ils l'ont fait, l'un des Soviétiques s'est approché d'eux.

Le commandant fit signe de partir, mais Duckstein l'attrapa par l'avant-bras, le serrant fermement.

"Silencieux..." murmura-t-il d'une voix à peine audible.

Le commandant est resté. Le Soviétique s'est approché, et quand il a vu la remise des diplômes, il s'est mis au garde-à-vous, le saluant.

« A vos ordres, mon commandant... je ne vous avais pas reconnu.

"Reste..." Il fouilla dans la poche arrière de l'uniforme et en sortit un laissez-passer. C'est ici.

Le soldat l'a lu superficiellement. Puis il regarda les cinq autres occupants de la voiture. Sinii et rsula étaient dans la partie la plus sombre du véhicule. Duckstein et Gelaute, captant la lumière de la voiture arrêtée au bord de la route, soutirent leur regard. Le soldat les fixa une seconde.

« Permettez-moi, mon commandant, » murmura-t-il. Et, au garde-à-vous, il salua de nouveau en faisant le geste de partir.

« Tiens bon !... Où va-t-il ? Le commandant lui a demandé.

Ils parlaient en russe. Les Allemands ne comprenaient pas ce qui se passait. Mais la réaction et le ton de la voix du Russe les ont convaincus qu'il n'essayait pas de le trahir. Du moins pour le moment.

Le soldat s'arrêta.

« Mon commandant, il était accompagné de trois autres officiers, deux capitaines et un lieutenant, et maintenant...

« Et qu'importe, imbécile ?... Ils ont du travail et reviendront plus tard » commenta-t-il malicieusement, sous-entendant le genre de travail qu'ils avaient. Et j'ai rassemblé ces cinq soldats de ma compagnie. Mon pass les protège.

"Je suis désolé, commandant, mais...

« Que dites-vous ?... Vous doutez de la parole d'un officier de l'armée soviétique ? "a éclaté.

Les cris ont attiré un lieutenant russe, qui est venu en courant. Lorsqu'il vit le commandant, il se redressa et salua.

« Lieutenant !... Ordonnez à ce crétin d'être arrêté pendant une semaine ! Et attention à ce qu'il fasse sa punition. Vous vous êtes permis de douter de ma parole.

« Je présente mes excuses, Commandant... Vous pouvez passer tranquillement. Et je veillerai à ce que votre commande soit exécutée ». Il se redressa et recula de quelques pas, ouvrant la voie au véhicule. En même temps qu'ils allaient reprendre la marche, il ajouta " : Commandant, je vous préviens qu'au cours des deux dernières heures il y a eu un petit retrait de nous.

« Combien de kilomètres fait le front maintenant ?

— Une vingtaine, mon commandant.

"Bien merci.

"À votre service.

Ils l'ont bientôt laissé derrière eux. Un soupir de satisfaction s'échappa de toutes les lèvres.

— Merci, commandant, murmura Mayer.

Il secoua la tête.

« Non, non, s'il vous plaît... Ne me remerciez pas. Ce n'est pas une faveur ; ça a été un travail, un service...

« Qu'est-ce que cela signifie ? demanda Gelaute. Mais il connaissait le vrai sens des paroles de l'homme.

"Ton sac, l'ami... ce sac m'intéresse", répondit doucement la Russe en désignant le sac que Gelaute gardait entre ses jambes.

« Qu'est-ce que ça veut dire ? », répéta-t-il encore.

"Votre argent a dit laconiquement ...

« De l'argent ?... Non, nous n'avons pas...

— Sortez-le, murmura le Russe d'un air las.

« C'est de la nourriture, nous devions être préparés au cas où le vol durerait quelques jours.

« Tu veux que je le croie ?... Ne fais pas de moi un idiot... Je te laisserai rester à vingt pour cent. Ce sera une bonne affaire pour vous. D'ailleurs, c'est de l'argent russe... Lorsqu'il arrivera sur les lignes allemandes, et il viendra si nous parvenons à un accord, cet argent sera exproprié et ira dans les caisses de l'Etat allemand. Vous n'avez pas pensé à cette possibilité ?

— C'est à moi, murmura Gelaute, qui n'avait pas vraiment calculé que cela pouvait arriver.

« Oui, c'est à toi pour l'instant, mais quand tu seras là-bas, ce ne sera plus... Avec cet argent tu peux faire des choses ici, derrière les lignes russes, mais là... Je vois ça difficile là-bas. Ici, vous pouvez acheter, par exemple, votre liberté...

Le Russe souriait, sûr de lui.

Duckstein cessa de regarder la route enneigée pendant une seconde et le fixa.

« Qu'est-ce que tu insinues ?

« Je n'insinue pas ; Je le dis clairement. Quatre-vingt pour cent de ce qu'il y a dans le sac est pour moi. Le reste pour vous. Et, en retour, ils atteindront les lignes allemandes.

"Si non?

« Alors... je pense me souvenir qu'ils m'ont dit qu'ils me tueraient si j'essayais d'empêcher leur fuite, n'est-ce pas ?

"Oui.

« Eh bien, ils vont me tuer.

Il se tut. Le seul bruit qui brisait le silence à l'intérieur de la voiture était celui du moteur, qui ronflait en luttant contre la neige.

Ce silence fit comprendre à Gelaute quelles étaient les véritables intentions de ses compagnons. Il regarda Ursula et vit un plaidoyer dans ses yeux. Chez Mayer, une commande. Dans celui de Sinii, un vœu ; sortir de tout ça vivant.

"C'est mon argent..." murmura-t-il d'une voix à peine.

Personne n'a répondu. Le silence le dérangeait plus que tout autre type de réponse.

"C'est mon argent..." répéta-t-il.

"Cela appartient à l'Etat russe", a finalement répondu calmement le commandant.

— Et, en partie, c'est à nous, Gelaute, marmonna Duckstein. Ne pas oublier; vous l'avez emporté avec vous pour payer les nombreuses heures que vous avez travaillées à Boringezov. Mais nous y travaillons aussi... et nous ne sommes pas payés.

"C'est mon argent..." murmura-t-il à nouveau.

Il sentit de la sueur, quelques gouttes seulement, monter sur son front. Il sentit aussi la main d'Úrsula sur la sienne, le serrant fort. Ce geste lui fit comprendre beaucoup de choses.

« Pensez-vous... ? commença-t-il à dire, sans conclure sa question.

Ursula hocha la tête. Gelaute soupira, reflétant la tristesse et la fatigue.

« Cinquante pour cent, » murmura-t-il enfin.

Le Russe secoua la tête.

« Je veux quatre-vingts... Je pourrais demander cent pour cent, mais quatre-vingts me suffisent parce que je veux qu'ils aient un souvenir de la Russie.

"Très gentil..." Gelaute sourit.

Pendant ce temps, ils avançaient, avalant kilomètre après kilomètre. Ils passèrent devant une formation de camions lourds. Un demi-kilomètre plus tard, une patrouille de surveillance les a de nouveau arrêtés. Le Russe a montré son laissez-passer de libre circulation et rien ne s'est passé. Ils ont traversé des installations d'artillerie. Des travaux étaient en cours sur son assemblage, le champ de travail était faiblement éclairé par des feux de joie.

« Cela décide... ? Quatre-vingt pour cent d'entre eux parviennent à leurs lignes indemnes.

"Oui," dit Gelaute, sa voix à peine audible.

« C'est comme ça que je l'aime... Donnez-le-moi.

L'Allemand obéit machinalement. Le Russe la fixa pendant quelques secondes. Il pensait qu'il n'y avait aucun moyen de l'ouvrir sinon ils ont tiré quelques coups de feu sur la serrure qui ont empêché le retrait de la barre de verrouillage.

Il mit sa main sur le côté et dégaina le pistolet.

La réaction de Mayer a été d'enfoncer violemment la mitraillette dans son côté.

— N'ayez pas peur, bredouilla le commandant en tressaillant.

Il a tiré, a fait claquer le fermoir, a remis l'arme en place. Mayer a arrêté de piquer ses reins avec la mitrailleuse. Il commença à prendre l'argent par poignées et le tendit à Gelaute.

"Je vais garder le sac... Toi avec tes vingt pour cent..." Il parlait avec une gentillesse fausse et agaçante. Mais cela n'a pas d'importance pour Gelaute, qui a pris les billets et les a mis dans les poches du manteau militaire matelassé et large.

Ils percèrent de nouvelles formations d'artillerie. Au fur et à mesure qu'ils progressaient, l'animation augmentait. Bientôt, ils virent des soldats partout. Ils ont croisé d'autres véhicules.

Le commandant, le regard fixé sur l'infini, restait immobile et sérieux.

Plusieurs patrouilles de surveillance les ont accueillis du côté de la route. Ils traversaient une région montagneuse, couverte de forêts. Apparemment, il avait été durement combattu, combattant le sol centimètre par centimètre. On pouvait voir des cratères d'obusiers, des arbres abattus, des parcelles de forêt brûlées. Et des morts, des centaines de morts couverts de caps et de neige, entassés dans les clairières de la forêt. La guerre a été montrée dans toute sa crudité stupide.

Une patrouille de surveillance est venue à sa rencontre. Les manteaux amples leur donnaient une apparence fantomatique.

Le commandant russe murmura :

"Arrêtez... Si nous continuons plus longtemps, nous deviendrons méfiants... Je suppose que les Allemands sont de l'autre côté de cette montagne... Moins de quelques kilomètres...

Duckstein obéit. Ils laissèrent passer la patrouille qui regarda autour d'elle un moment.

« Est-ce que le front est loin ? Le Russe leur a demandé.

"Dans le prochain creux, mon commandant... C'est maintenant un no man's land" et d'un geste il indiqua un point indéterminé non situé au-delà de cinq cents mètres.

« Très bien, merci. Ils peuvent continuer.

« À vos ordres, commandant.

Ils sont partis.

"Descendez" demanda le Russe. Les Allemands obéirent. Ils se sentaient étrangement heureux. Ce qui semblait impossible allait arriver. La liberté était proche. A onze heures du soir, ils se battaient à Boringezov. Maintenant, quelques heures plus tard, ils étaient sur le point d'atteindre le front allemand. Un rêve devenu réalité.

— Je te souhaite bonne chance, marmonna le Russe. Bonne chance... Et n'oubliez pas de remettre les roubles aux autorités allemandes. Cela atteindra les oreilles du service d'espionnage soviétique et ainsi la situation sera sauvée et personne ne viendra me demander où diable j'ai eu l'argent.

— Nous le ferons, marmonna Mayer. Puis-je vous remercier pour tout ?

« Non. Il me les donnerait pour ne pas m'être comporté avec dignité... Mais l'argent c'est de l'argent... Ne perdez plus de temps. Sortez. Et chance.

Ils ont obéi. Mitraillettes sur les épaules, ils se dirigent vers le point indiqué par les Russes comme un no man's land. Ils ressemblaient, dans leurs longs manteaux matelassés, à des soldats soviétiques. Personne n'était susceptible de remarquer leur véritable personnalité fugueuse.

Ils ont fait quelques pas en avant. Ses pieds s'enfonçaient dans la neige. Les flocons les enveloppaient, transformant leurs corps en ombres floues.

La nuit commençait à les engloutir.

Ils allaient bientôt accéder à la liberté. Quelques centaines de mètres seulement et ils atteignirent les lignes allemandes.

Gelaute avait envie de chanter, de crier, de crier...

Duckstein pensait à sa femme, à Marta. Et pour la première fois depuis qu'il était séparé d'elle, un pressentiment s'empara de son cerveau : Marta avait été tuée dans un bombardement. C'était comme un coup, comme un coup de poing qui lui a heurté le front. Il secoua la tête en signe de déni ; Il voulait mettre cette idée de côté, il voulait oublier, mais il ne pouvait pas. Il était certain que Marta était morte. Et sans... vivre sans elle ne l'intéressait pas. C'était une intuition forte et brutale...

Mayer regarda Sinii. Elle a souri, mais il n'a pas pu le comprendre. Il s'arrêta une seconde pour se tenir à côté d'elle.

Ursula ressentit une immense envie de pleurer. Il a mis fin aux peines, aux jours terribles passés entre les mains des Russes... La liberté, la liberté était proche...

Mais tous avaient tort.

Le destin allait les remettre entre l'épée et le mur.

Une voix, qu'ils reconnurent, surmonta le ronronnement de la neige. C'était la voix du commandant qui hurlait :

"Feu!!

XI

Le cri du Russe retentit comme un cri de mort. Il y a eu des moments d'égarement. Les fuyards s'arrêtèrent.

"Cochon..." marmonna Duckstein.

« Bâtard ! cracha Gelaute.

Sinii sentit un frisson parcourir sa colonne vertébrale. Ses yeux s'écarquillèrent presque incroyablement et se fixèrent sur Mayer. Elle était paralysée de terreur, ne bougeant plus.

La voix du commandant se fit à nouveau entendre :

« Des fugitifs allemands !!... Ils marchent vers le no man's land !!

Ils ne comprenaient pas le sens des mots russes mais il était entendu qu'ils étaient l'objet des cris.

Un projecteur fendit l'obscurité. Son rayon de lumière, tel un doigt monstrueux et impalpable, sondait dans le ciel. Puis il est descendu, presque soudainement, et s'est enfoncé dans le sol, pour ensuite entamer un cercle qui a traversé la forêt, brisant le faisceau lumineux sur les troncs robustes des arbres, multipliant fantomatiquement la taille des flocons de neige qui tombaient. Des cris et des voix se sont fait entendre.

Ils sonnaient à droite et à gauche. Des cris inarticulés, incompréhensibles, mais qui allaient mettre en mouvement tout le secteur du front.

« Allez ! ! rugit Duckstein.

Il a été le premier à réagir. Il se précipita en avant, courant comme un cerf, tenant la mitraillette d'une main. Ses pieds, alors qu'il courait, soulevaient la neige, l'envoyant voler.

Mayer prit Sinii par la main. Son geste n'était pas du tout affectueux. Mais à l'époque, ces détails n'avaient pas d'importance. La seule chose indispensable était de fuir, de traverser le pays de personne, de descendre le versant de la montagne et de s'engouffrer dans le creux, jusqu'à arriver aux lignes allemandes.

Mais sa surprise fut énorme lorsqu'il réalisa que Sinii ne le suivait pas. Je ne pouvais pas marcher. J'étais comme paralysé par la peur.

« Allez, Sinii, allez !! Il a répété.

Il tira à nouveau, mais la fille semblait, enracinée au sol, comme si ses pieds étaient soudain devenus des racines enracinées dans la terre cachées sous la douce couverture blanche de neige.

Sinii n'eut que la force de secouer la tête, niant.

Mayer la regarda désespérément. Que diable se passait-il maintenant ? Il jura mentalement. Une possibilité lui traversa l'esprit : elle avait peur de se livrer aux Allemands. Il se doutait peut-être que pour les nazis elle serait russe. Effrayé. Effrayé. Peur… toujours peur.

"Sinii, Sinii…" Mayer gémit presque.

Ils étaient seuls. Gelaute, Duckstein, Ursula dévalèrent la pente.

Un nouveau foyer a commencé à fouiller dans les entrailles de la forêt. Il traversa vite, fugitivement, se brisa contre les arbres, les franchit et continua sa route, poussé par une main nerveuse.

Pendant une seconde, peut-être juste un dixième de seconde, cela les a illuminés.

« Sinii ! rugit Mayer.

Nouveaux cris. Plus proche. Tout était fini.

« Sinii !… Allez !!…

Il criait comme un fou. Mais elle ne pouvait pas bouger ses pieds, ne pouvait pas faire un seul pas. Elle était toujours prisonnière de sa peur.

Mayer l'a attrapée par les cheveux, la regardant.

"Sinii… Veux-tu venir ?… Me veux-tu ?…

Elle hocha la tête.

Puis Mayer s'est rendu compte qu'elle n'avait pas peur des nazis. Cette seule peur s'emparait de ses muscles, de ses nerfs, gelant le sang dans ses veines, l'empêchant de réagir.

Je n'en doute pas. Il leva violemment la main, fendit l'air rapidement et finit par la fracasser contre le visage de la fille. Sinii a détourné son visage, poussé par la violence. Mais Mayer a répété le geste dans la direction opposée, puis à nouveau à droite et à nouveau à gauche. Le tout très vite, en quelques secondes.

Sinii secoua la tête comme si un ouragan fou et variable jouait avec elle.

« Allez ! rugit Mayer.

Alors oui. Puis elle a pu courir en tenant la main de Mayer. Ses pieds écrasaient la neige, qui craquait faiblement.

"A bas ! cria Mayer. Et alors qu'il criait, il se jeta sur elle, roulant tous les deux sur le sol, Mayer heurtant une bûche, mais disparaissant derrière, tandis que le faisceau lumineux d'un projecteur traversait l'endroit où ils s'étaient rencontrés un instant avant que.

Quand la lumière passa, Mayer se leva. Il tendit la main à Sinii, pour l'aider. Mais immédiatement il l'a retiré et a frappé la mitraillette, la pointant vers sa droite. La détente recula sous la pression de son doigt, et une flamme de feu jaillit du canon rond de l'arme, provoquant une explosion de plomb.

Trois Russes s'étaient présentés devant eux, comme s'ils étaient nés du même pays. Ou peut-être de la neige, comme si les flocons s'étaient réunis, créant trois hommes.

Ils ont été les premiers surpris de voir les fusées éclairantes. La visibilité était très faible. Les éclairs de feu flamboyaient, illuminant les gestes tragiques d'agonie que les trois hommes créaient. L'un d'eux se mit en boule. L'autre bondit en arrière, poussé par la force de l'impact. Le troisième semblait se redresser devant la mort, levant le menton, les bras raides, les jambes raides. Il hésita, chancela, mais s'accrocha à sa rigidité, jusqu'à ce qu'il fonce en avant, s'écrasant dans la neige.

« Allez ! rugit Mayer.

Sinii le suivit. Il avait perdu sa peur. Les coups de l'Allemande la firent réagir.

Presque immédiatement, un projecteur a traversé la forêt à la recherche de l'endroit où la courte rafale avait retenti. Mayer sursauta et changea brusquement de direction. Sinii le suivit, évitant le faisceau et la lumière qui à ce moment passèrent sur les trois cadavres. C'était un pas rapide, comme une caresse passagère. Mais il recula et les illumina.

De nouveaux cris ont été entendus.

Plusieurs patrouilles avaient abandonné leurs positions et partaient explorer les pentes de la montagne.

Sinii, en essayant de sauter une bûche, a échoué et a frappé sa jambe, tombant au sol.

"Ce n'était rien...! Allez, petit! Mayer l'encouragea.

Mais cela avait été un coup dur. Lorsqu'elle essaya à nouveau de courir, la douleur la fit gémir. C'était comme si des centaines de minuscules aiguilles piquaient les muscles de sa jambe.

Nouveaux cris. Mots russes.

"Allez... allez..." gémit Sinii.

« Allez, petit, allez ! répéta Mayer

Les cris semblaient proches. Où étaient les autres ? se demanda Mayer. Duckstein, Gelaute... où étaient-ils ? Pourquoi ne les aidaient-ils pas ?

« Je ne peux pas... Allez, Mayer, allez... Bonne chance...

L'Allemand n'hésita pas. Il se pencha sur elle, saisit son poignet droit avec sa main gauche, passa son bras droit entre ses jambes et la souleva, la portant sur ses épaules.

Quelqu'un a crié derrière lui. Il ne comprenait pas ce qu'ils disaient, mais il sentit qu'ils lui ordonnaient d'arrêter.

Un projecteur l'a captivé pleinement. Maudit. Il ne pouvait pas se faire prendre. Il ne voulait pas retourner à Boringezov, ni dans aucun des autres camps de concentration que les Soviétiques avaient à travers le pays. Il a préféré fuir jusqu'à sa mort.

Il tourna à gauche, puis à droite, esquivant un arbre... La lumière le suivit, se perdit, se tourna pour le chercher...

Mais il savait que tout cela était inutile, car il allait mourir. Il ne se laisserait pas prendre vivant. Il ne s'arrêterait pas à un ordre. Je devais continuer ! Même si ce n'était que de quelques mètres. Mais ils seraient deux mètres plus près des lignes allemandes.

Et puis une rafale de coups de feu a retenti.

Sinii gémit et pensa un instant à la possibilité qu'elle ait été touchée. Mais il pensait que non, que ça ne pouvait pas être, parce que... parce que les coups étaient nés avant eux. C'étaient des éclairs qui transperçaient l'obscurité.

« Des Allemands ? Des Russes ?... Je ne savais pas. Mais il a continué à courir.

Il a encore tiré avec cette arme. Les Russes répondirent, des cris et des ordres se firent entendre, le bruit d'un corps tombant à terre, le sort lancé par quelqu'un qui, en sautant pour se mettre à l'abri, s'était violemment heurté à un arbre, le cri douloureux d'un soviétique touché, mordu, par le plomb brûlant.

Mayer sauta sur la bûche qui apparut soudain devant lui et derrière laquelle son sauveur s'était réfugié.

« Allez !... Allez !... » lui cria Duckstein.

C'était lui. Il avait la mitraillette à la main, les chargeurs de rechange rangés dans la ceinture qui retenait son manteau. Lèvres serrées, yeux plissés, s'efforçant de percer les ténèbres...

Mayer le regarda pendant quelques secondes. Il respirait fort, las de l'effort.

"Allez, Duckstein," ordonna-t-il.

Son partenaire d'évasion secoua la tête.

"Ça n'en vaut pas la peine... Ça n'en vaut pas la peine..." marmonna-t-il.

Et de nouveau, il appuya sur la détente de sa mitraillette, vomissant une longue rafale de plomb. Mayer n'a pas compris ce qui s'est passé. Il n'avait pas deviné ce qui se passait à l'intérieur de cet homme. Il ne savait pas et ne pouvait pas savoir que Duckstein était absolument certain que sa femme avait péri dans un bombardement. C'est pourquoi il était là, pourquoi il était revenu sur ses pas, en entendant la première rafale de Mayer. Je voulais être utile à quelqu'un. Sa femme n'était pas en vie, sa pauvre femme, Marta, était décédée. Désormais, la vie n'avait plus de but pour lui. Il lui importait autant de mourir que de vivre. Et mis à mort... il voulait que son sacrifice ne soit pas stérile.

"Allez, allez..." siffla Mayer.

Duckstein secoua la tête et le poussa presque violemment, comme pour le secouer.

"Sortez..." haleta-t-elle, écartant à peine les lèvres.

Mayer pensait que son partenaire était fou. Mais il ne pouvait rien faire pour l'aider. Il continua à courir, dévalant la pente, à la recherche de l'auge, avec sa précieuse charge sur les épaules.

Il entendit à nouveau le chant des mitraillettes. Il ne savait pas ce qui se passait à quelques mètres de là, dans son dos, mais il pouvait parfaitement l'imaginer.

Duckstein appuya sur la détente jusqu'à ce que le chargeur soit vide. D'un seul coup, il souffla la pièce inutile et la remplaça par une nouvelle. Il a encore tiré. Il le fit froidement, calculant l'efficacité de ses munitions. Il savait qu'ils allaient bientôt manquer. Mais il s'en fichait. Il savait que c'était comme un avant-poste du front allemand niché au milieu du front russe. Mais il s'en fichait. Il savait qu'il allait mourir. Mais il s'en fichait...

Un projecteur le localisa, l'éclairant pleinement.

Duckstein était derrière une bûche tombée, agenouillé au sol, son pied droit reposant sur sa plante du pied, et reposant la mitraillette sur sa jambe, la faisant servir de support. Lorsque la lumière l'a frappé, pas un seul muscle de son corps n'a été altéré. Même les paupières ne bougeaient pas, essayant d'éviter le jet lumineux qui leur faisait mal. Il s'en fichait.

Les secondes passèrent. Puis une minute. Puis plus de secondes et une autre minute. C'était la seule chose qui comptait pour lui. Il savait qu'entre-temps ses compagnons couraient vers les lignes allemandes.

Il n'avait pas à courir. Il voulait seulement que la mort rencontre le plus tôt possible, là dans l'infini, avec Marta. À cause de cela, il en était sûr. Marta était dans l'infini. Et il viendrait à ses côtés.

Il a continué à appuyer sur la détente, vomissant du plomb, jusqu'à ce que le chargeur soit épuisé.

Il vit les Russes se tordre devant lui, interrompant ses pas, cherchant refuge... Mais il les vit sans les voir. Il s'en rendait à peine compte. Il a vu une ombre, un homme, et elle le visait, tirant une fraction de seconde plus tard.

Ce qui s'est passé ensuite n'avait plus d'importance pour lui.

Il ne sentit pas non plus le sifflement des balles passer autour de lui. Le faisceau de lumière l'illumina, le mettant en évidence dans l'obscurité comme une cible parfaite. Peut-être en raison de sa visibilité même, il n'a pas été atteint. Des flocons dansaient autour de lui, l'enveloppant. Les projectiles se sont également croisés, rapidement, à côté de lui, sans le toucher.

Jusqu'à ce qu'enfin un morceau de métal s'enfonce dans son épaule, le frappant furieusement. Il était sur le point de tomber, propulsé par le coup, mais se rattrapa. Du sang est né sur son épaule. Et aussi sur ses lèvres, car pour contenir la douleur, il les mordit brutalement. Il a changé la mitraillette à main, son bras blessé le relâchant pour juste appuyer sur la gâchette. Les têtes métalliques des projectiles continuaient de voler. Mais maintenant, ils ne le respectaient plus. Ils semblaient avoir pris goût à la viande de l'Allemand. Un nouveau projectile le frappa, cette fois à la joue, creusant un profond sillon. Du sang a giclé le long de son cou, où il a trouvé l'ourlet épais et grossier du manteau, qu'il a trempé, pour continuer à couler sur le devant plus tard.

Duckstein était imperturbable. Comme insensible à la douleur. Il n'arrêtait pas d'appuyer sur la gâchette.

Maintenant, les coups de feu contre lui s'étaient multipliés. C'était comme une clôture qui attirait le feu de tout le secteur.

Il était impossible que la chance continue de le protéger. C'est pourquoi une explosion l'atteignit à la poitrine, le transperçant, le criblant, le fendant presque matériellement.

La réaction de Duckstein était absurde. Il sauta comme s'il avait été propulsé par une catapulte, et se tenait debout sur le tronc, dans un équilibre incroyable et en même temps absurde.

Il rugit de douleur, ferma les yeux, une gorgée de sang aspirait sur ses lèvres noyant le cri, tandis que son doigt continuait d'appuyer sur la détente, tirant sans savoir qui, gaspillant les derniers projectiles du chargeur.

Les projecteurs brillaient toujours sur lui. Elle offrait un spectacle impressionnant, majestueux, incroyable, dantesque...

Les projectiles ont frappé son corps. Mais Duckstein n'est pas tombé. Il devait être mort, mais il ne s'est pas effondré comme une mauviette.

La mitraillette s'échappa de ses mains, tombant lourdement, s'enfonçant en partie dans la neige.

Mais il n'est pas tombé.

Ses mains se levèrent, faiblement, poussées par le peu de force qu'il lui restait, caressant sa poitrine, son ventre, son ventre... Trempant ses doigts dans son propre sang, qui jaillit, imbibant les épais vêtements rembourrés.

Mais il n'est toujours pas tombé.

Les Russes ont continué à tirer sur les Allemands. Chaque projectile qui s'enfonçait dans son corps passait d'abord à travers le manteau matelassé. Les vêtements semblaient s'animer, palpitants, tremblants...

Il fit un effort de plus. Une pression énorme sur son corps presque sans vie. Il réussit à ouvrir les lèvres, à cracher le sang qui remplit sa bouche. Et avant qu'une nouvelle gorgée de sang ne remplace la salive, il murmura :

« Merde... mauvais... dites... toussez...

Alors, alors seulement, il commença à se replier sur lui-même, croisant ses mains sur son ventre. Il haussa les épaules lentement, très lentement, et il resta encore une longue seconde à s'accroupir.

Puis, une nouvelle balle s'est logée dans sa tête, lui faisant définitivement perdre l'équilibre. Et l'envoyant, car jusqu'à ce moment il n'était pas mort, rencontrer Marta le royaume de l'infini.

Comment Duckstein avait-il été certain de la mort de sa femme ? Personne ne le saurait jamais. Il a emporté le mystère avec lui.

Les projecteurs, pendant un moment, l'ont illuminé. Les Russes s'approchèrent en le contemplant, non sans parler avec admiration de l'allemand.

Et pendant qu'ils examinaient le cadavre de Duckstein, le bruit des coups de feu et des explosions leur est venu.

La guerre continua. Ou, du moins, la guerre privée des prisonniers contre les fronts de bataille.

XII

Gelaute et Ursula furent les premières à arriver dans le no man's land. Ils s'y sont précipités comme un ouragan.

Gelaute s'arrêta un instant, attendant la fille. Il tendit la main, et ensemble les deux, unis, continuèrent leur fuite. L'auge était dépourvue d'arbres. Il était composé d'une énorme quantité de pierres, à travers lesquelles coulait le lit semi-écho d'une rivière. Le sol pierreux de la rivière, plein de bords dorés, était blanchâtre. Au-dessus de lui se détachaient les deux silhouettes, sautant de pierre en pierre, ou courant quand le terrain le permettait. A certains endroits, l'eau semblait stagner, comme si elle attendait qu'une avenue reprenne sa marche. Des flocons de neige flottaient, coagulant, au-dessus d'elle.

Gelaute a mal évalué les distances et au lieu d'atteindre une pierre, son pied a plongé dans l'eau jusqu'aux genoux. L'eau n'avait pas d'importance, ni la sensation de froid.

Mais c'est alors, à ce moment précis, qu'une nouvelle rafale de mitrailleuse vint se confondre avec celles qui résonnaient derrière lui. Sauf que la rafale naquit devant eux, frappa les pierres, brisa le miroir des eaux calmes, et passa à côté d'elles, soulevant les bords dorés, les renvoyant avec sa violence.

Ursula s'élança vers la droite. Gelaute ne s'est pas arrêté. Il a fait un jogging et a continué à courir.

Il a compris ce qui se passait.

« Nous sommes allemands !! Il a "hurlé". Ne tirez pas !!... Nous sommes Allemands !!...

Leurs cris résonnaient étrangement dans l'auge. L'écho les multipliait et les déformait.

"Ne tirez pas !!..." répéta-t-il.

Mais une nouvelle explosion l'accueillit. Il a dû se laisser tomber derrière un large rocher, dans l'eau jusqu'à la taille. Les projectiles soulevaient des éclats du rocher. Des étincelles aussi.

Gelaute avait peur, une peur énorme.

« Ursula ! » j'appelle.

Il voulait entendre sa voix. Il ne voulait pas se sentir seul. Il aurait aimé que quelqu'un soit à ses côtés.

Il n'a reçu aucune réponse.

Il pensa à la possibilité qu'un des projectiles l'ait touché.

« Ursula ! Il cria encore.

« Quoi ? murmura la fille. La voix semblait très proche. Il se retourna et la vit écrasée sur les bords dorés, abritée également derrière une pierre, mais plus petite que celle qui le protégeait.

"Ils sont à nous... Ils nous mitraillent..." siffla Gelaute, sentant un frisson de peur s'insinuer dans son corps.

Mais la possibilité qu'Ursula découvrait pour lui le remplissait encore plus de peur.

« Peut-être que ce sont des Russes... » murmura-t-elle.

Gelaute n'avait pas pensé à cette possibilité. Il regarda de l'autre côté de l'auge. Tout était dans l'ombre. Puis il regarda derrière lui. Il vit la lueur des projecteurs, vit les éclairs qui brillaient dans l'ombre.

« Ça ne peut pas être... ça ne peut pas être... » marmonna-t-il.

Silence devant eux. Combattez dans leur dos.

Où diable étaient les Allemands ? Étaient-ils allemands ou russes ? S'ils étaient russes, ils pourraient dire adieu à la vie... La fuite, la bagarre, l'angoisse... Tout ça pour rien.

« Écoutez-moi !!... Écoutez-moi !!... Nous sommes allemands !! Nous sommes allemands, fugitifs d'un camp de prisonniers !!... Ne tirez pas !!

Personne n'a répondu.

"Ce sont des Russes", haleta Ursula.

Gelaute se frotta les mains. Il était immergé jusqu'à la taille dans de l'eau glacée. Il regarda autour de.

« Ursula... » murmura-t-il.

"Quoi?...

"Peut-être qu'ils sont russes... peut-être qu'ils ne le sont pas... Mais s'ils le sont... Si je meurs..." Il s'interrompit.

« Quoi ? Elle l'a encouragé.

« Si je meurs... croyez une chose ; Je le regretterai car je ne pourrai pas continuer à vos côtés. Le reste m'importe peu. "Les dernières phrases ont été dites rapidement, comme pour essayer de se débarrasser d'un poids.

Il regarda Ursula. Il devina que ses yeux étaient humides. Il ne pouvait pas la voir, parce que l'infirmière ne le regardait pas.

« Úrsula, je... peut-être que tu ne peux pas le comprendre, mais...

C'était difficile pour lui de continuer à parler. Il fit un nouvel effort.

"Moi, rsula... Je pense..." Il ne termina pas sa phrase. Avant, il a été interrompu, puissant et bruyant, par un haut-parleur.

« Hé !!... Si vous êtes des soldats allemands, levez-vous, les mains en l'air !!

Il venait du secteur allemand.

"Merci, mon Dieu..." murmura Ursula.

Ils obéirent tous les deux. Lentement, prudemment.

« Les mains sur la tête !! La voix a prévenu. Gelaute, qui ne l'avait pas fait du premier coup, l'a fait ensuite.

Ils sont restés sans protection. Un point lumineux vacilla un instant, les aveuglant.

« Que vont-ils nous voir !! a crié Gelaute.

Le projecteur s'est éteint.

« Enlevez vos manteaux, lâchez vos armes ! dit la voix.

Ils obéirent, Gelaute ne pensa pas qu'en jetant le lourd manteau matelassé, il renonçait aux poignées de roubles qu'il gardait dans ses amples poches.

« Avancez prudemment !

Ils l'ont fait. Gelaute s'arrêta un instant, jusqu'à ce qu'Úrsula le rattrape.

« Dieu merci... » murmura à nouveau la jeune fille, avec un chant de remerciement.

Ils venaient de traverser le lit semi-asséché de la rivière lorsque Mayer fit irruption de l'autre côté. Il courait de toutes ses forces, sautait d'une pierre à l'autre, s'enfonçait dans des flaques d'eau... Sur son dos il portait Sinii.

« Congelez !!... Levez-vous !! L'orateur rugit.

Mais Mayer n'a pas obéi.

"Feu!!

L'ordre sonnait dur, rauque, brutal. Et en même temps, le faisceau de lumière parcourait le lit de la rivière, à la recherche des étrangers. Avant que les projectiles ne prennent la tête, Gelaute cria de toutes ses forces :

« Ne tirez pas !!... Nous sommes Allemands !!... Nous avons fui les Russes !!...

Il y avait une telle dose de sincérité dans ses propos, qu'il a accompli ce qu'il s'était fixé : éviter les rafales de coups de feu.

Mais il n'a pas pu faire en sorte que les mitrailleuses russes commencent le chant de mort derrière elles.

Mayer ne s'était pas arrêté. En entendant le ratatata-ratatata, ses pieds semblaient devenir plus forts. Il bondit comme un cerf, marcha sur une pierre épaisse qui lui servait de prise et franchit la partie la plus profonde du lit de la rivière d'un seul bond. Les larges bords du manteau s'écartèrent et Mayer ressembla un instant à un oiseau ailé.

Gelaute, en le voyant, se sentit grandir.

« Allez, Ursula ! rugit-il.

L'infirmière abandonna sa stase et tint la main de Gelaute.

Les quatre fugitifs semblaient ignorer le crépitement des armes russes, qui continuaient de résonner derrière eux. Ils entendirent des projectiles siffler au-dessus de leur tête. Ils s'en fichaient !

Les Allemands ont ouvert le feu. Les projecteurs se sont allumés et le no man's land a été baigné de lumière.

Les quatre prisonniers étaient parfaitement voyants. Ils atteignaient déjà la limite du lit du fleuve, à côté des avant-postes germaniques.

L'incendie était généralisé. Ils pouvaient parfaitement voir les soldats allemands.

"Ne tirez pas !!... Ne tirez pas !!..." hurla Gelaute.

Ursula haletait, respirait brutalement, forçant ses poumons au maximum, sur le point d'exploser.

Un obus russe a touché Mayer à la cuisse. C'était sur le point de le déséquilibrer. Il sentit une énorme déchirure, comme si des pinces chauffées au rouge tiraient sur ses muscles, les arrachant. Mais elle se mordit la lèvre et continua de courir.

Plus que quelques mètres à parcourir.

Quelques mètres.

A quelques mètres...

Et, enfin, tous les quatre en même temps se sont précipités dans une tranchée allemande !!

C'étaient des hommes libres !!

Ils tombèrent en groupes, en tas. Ils entendirent un juron à côté d'eux. Mais c'était une malédiction prononcée en allemand. Cela leur semblait quelque chose de magnifique, d'incroyablement beau.

Gelaute sentit le corps d'Úrsula dans ses bras. Il éprouvait aussi un immense besoin de pleurer et de rire en même temps, de crier sa joie, d'insulter les Russes qui pendant des mois l'avaient traité comme un chien galeux... bras et murmurant :

« Úrsula... je... j'aimerais mieux te connaître... pour...

Elle sentit des larmes couler sur ses joues. Sa main, dans un geste intuitif, atteignit le visage de l'Allemand et le caressa doucement.

"Oui" murmura-t-il. " Oui, comme tu veux...

Des soldats allemands les ont encerclés.

L'un se pencha sur Mayer.

"Ça fait mal ? demanda-t-il en montrant la cuisse blessée.

"Elle d'abord" répondit-il, faisant un signe de tête à Sinii. Il était inconscient, les yeux fermés.

"Camilleros! Quelqu'un a crié.

Soudain, Mayer réalisa que ce cri pouvait être parfaitement compris, sans le bruit des canons crépitant en arrière-plan. Il regarda autour de lui, comme s'il ne pouvait pas y croire. Il ne voyait que des visages souriants. Il a essayé de se lever et ils l'ont aidé à le faire.

Il regarda le lit de la rivière, le creux, le no man's land. J'étais dans l'obscurité. Les armes avaient déjà cessé de chanter le chant de la mort.

Cela lui paraissait impossible. La paix renaissait dans le secteur.

Quelqu'un s'est approché d'eux. Ils transportaient une civière. Ils ont placé Sinii dessus.

Mayer a essayé de l'aider puis de marcher à ses côtés.

« Une autre civière » demanda un lieutenant.

"Non, non... j'y vais..." marmonna Mayer.

« Aidez-le » ordonna le même lieutenant.

Boitant, appuyé sur les épaules d'un nourrisson, il atteignit l'infirmerie, installée dans une large tranchée.

Un médecin a rapidement examiné Sinii.

"Il n'y a rien de grave, La peur..." murmura-t-il.

Mayer a remarqué que les larmes coulaient dans ses yeux. Un rictus de douleur et de joie jouait sur ses lèvres.

Il caressa la main de Sinii.

« Merci... merci... » murmura-t-il. Et puis il a perdu connaissance.

* * *

Lorsque les Russes ont riposté, les quatre anciens prisonniers avaient été évacués et emmenés dans un hôpital de convalescence. Un mois plus tard, Gelaute et Mayer ont rejoint leurs unités, Úrsula est restée dans les services de santé de l'hôpital. Sinii est devenu le traducteur du « Krieg », le journal distribué gratuitement aux soldats allemands.

Les choses ne se sont pas bien passées pour les Allemands. Ils ont perdu la guerre. C'était peut-être génial pour l'Europe. Mais ils ont réussi à sauver la peau et à se revoir.

Aujourd'hui encore, ils se réunissent chaque année pour dîner dans la nuit du 1er octobre, célébrant le moment où le camp de Boringezov, criant « Maintenant ou jamais ! », s'est élevé contre la tyrannie soviétique.

FINIR